Catamarán

EL MISTERIO DE LAS CAMPANADAS

Xabier
P. Docampo

ilustraciones de
Miguelanxo Prado

Colección dirigida por **Isabel Cano** y **Jesús Larriba**

Primera edición: abril 1994
Segunda edición: marzo 1995

Traducción del gallego: *Rafael Chacón*
Diseño de la colección: *Alfonso Ruano*

Título orginal: *O misterio das badaladas*
© del texto: Xabier P. Docampo, 1994
© de las ilustraciones: Miguelanxo Prado
© Ediciones SM, 1994
  Joaquín Turina, 39 - 28044 Madrid

Comercializa: CESMA, SA - Aguacate, 43 - 28044 Madrid

ISBN: 84-348-4100-2
Depósito legal: M-9051-1995
Fotocomposición: Grafilia, SL
Impreso en España/Printed in Spain
Imprenta SM - Joaquín Turina, 39 - 28044 Madrid

I. EL NUEVO RELOJ DE EIRANOVA

EL relojero puso el reloj en las siete y veinte, pues era esa hora. Bajó de la escalera, que fue retirada por Leonardo, se apartó unos pasos hacia atrás, y le dijo a Xes, que estaba a su lado:

—Les queda reloj para muchos años. Más de los que ha de durar usted, y espero que sean muchos. Y más de lo que durarán los curas que le sucedan en esta parroquia.

Momentos después, el reloj dio la media y Andrés de Bouza lanzó un cohete que había guardado del día de la fiesta. Todos en Eiranova y en las parroquias de alrededor supieron que el reloj de la iglesia ya funcionaba.

Los hombres que habían venido a colocarlo recogieron sus herramientas y salieron en su furgoneta sorteando a la gente que se había congregado en el atrio para tal ocasión, y que ahora se retiraba hacia sus casas. Aún estaban muchos en camino, cuando el reloj dio las ocho. Todos volvieron las cabezas hacia la iglesia. Sorprendía la novedad, aunque lo normal era que el reloj diese la hora correctamente. Sin embargo, pronto ocurriría algo que les obligaría a contar las campanadas con atención a ciertas horas. Faltaban aún cuatro para que el reloj les avisase de que él sería el protagonista de acontecimientos sorprendentes.

El tiempo fue pasando con el ritmo que le es propio. El reloj nuevo dio las nueve y, en la taberna, los parroquianos comprobaron en los suyos que andaba bien. Lo mismo sucedió con las campanadas que marcaron las nueve y media y las diez, como se comprobó en todas las casas de Eiranova. El reloj funcionaba tan bien que, si alguien notaba que había diferencia entre el suyo y el de la iglesia, no tenía reparo en ajustarlo con la última campanada, dándole la razón al ajeno y quitándosela al propio.

Las campanadas de las diez y media ya no merecieron más que la atención de algunos. Y las de las once fueron muy pocos los que las contaron.

Cuando el reloj comenzó a dar las campanadas correspondientes a las doce de la noche, casi todos los habitantes de Eiranova estaban ya en la cama. Solamente Xes, encargado por los vecinos de llevar todos los trámites de la instalación, ya que el reloj se ponía en su iglesia, estaba preocupado y contaba las campanadas desde que había comenzado a funcionar. Así que cuando la campana comenzó a tocar, él empezó a contar: tam, una; tam, dos...

También Cristina contaba las campanadas desde su cama: tam, tres; tam, cuatro; tam, cinco... Había estado estudiando para un control y hacía poco que se había acostado; por eso estaba despierta cuando el reloj dio la medianoche. Tam, seis; tam, siete..

Al farmacéutico, don Ángel, que tenía por costumbre leer hasta muy tarde, las campanadas no le permitían concentrarse en la lectura, e iba contando mentalmente: tam, ocho; tam, nueve... Para él no tenía el asunto más interés que el de comprobar que se acababan para volver a concentrarse en su libro...

Tam, diez... Repetía Xes.

Tam, once... Contaba Cristina en su cama.

Tam, doce... Ya podía don Ángel volver a sumergirse en las aventuras que el libro relataba.

Tam, ¡¡trece...!! El reloj había dado una campanada que hacía el número trece.

Xes pegó un salto y se puso de pie cuando la escuchó. ¿Habría contado mal? ¿Serían imaginaciones suyas? Seguro que de tanto pensar en el reloj ya tenía la campana metida en la cabeza y le resonaba dentro cuando en realidad ya había dejado de tocar.

Tam, ¡¡trece!! El farmacéutico pestañeó cuando escuchó la campanada número trece, aunque siguió leyendo. No quería que nada lo distrajese de la lectura. Pero no ocurrió así, porque ya no fue capaz de seguir con la lectura. No era normal que un reloj que había funcionado bien toda la tarde diese trece campanadas a las doce de la noche.

Ni Xes ni el farmacéutico pudieron seguir con lo que estaban haciendo. El cura tuvo que dejar sin acabar un cartel que estaba dibujando para colocarlo en la puerta de la iglesia, y don Ángel tuvo que cerrar el libro. Uno y otro quedaron en suspenso en espera de que el reloj diese las doce y media.

A Cristina comenzó a entrarle sueño en seguida.

Metida en sueños, no supo que el reloj había dado la media correctamente. Y mucho menos se dio cuenta de lo que sucedió a la una de la mañana. Aunque es preciso decir que a tal hora nada pasó, porque no se escuchó más que una, y una sola, campanada, tal como todos esperaban. Todos, salvo el cura y el boticario, para los que el fenómeno resultó sorprendente. Quedaron con la duda de si a las doce habían escuchado o no trece campanadas...

Seguramente por eso, al día siguiente ninguno de los dos hizo comentario alguno. Estuvieron juntos y parecían esperar que alguien hiciese o dijese algo que les confirmase su sospecha. O todos actuaban como ellos, o ninguno había escuchado nada raro la noche anterior. Por Eiranova cada uno andaba a lo suyo y nadie decía nada.

No ocurría igual en el colegio. Cristina, a la hora del recreo, fue en busca de Elisa, que está en un curso distinto del suyo, aunque tiene su misma edad. Cristina está en séptimo, y Elisa, en sexto. No tardó en encontrarla y comentarle el fenómeno de las trece campanadas.

—Pues yo no oí nada —comentó Elisa—. Claro que a esa hora ya estaba durmiendo. ¿No le has preguntado a ninguno de los de tu clase?

—No. Pero ahora que lo dices, vamos a preguntárselo a Pedro.

Pedro tiene trece años y está en la misma clase que Cristina. Fueron las dos amigas a buscarlo al campo de baloncesto y allí estaba, aunque no jugando, sino hablando con otros compañeros. Lo llamaron y él se acercó. Algunos chicos se dieron con el codo mientras los observaban con el rabillo del ojo. Se decía que a Pedro le gustaba Cristina.

Tampoco Pedro había oído la campanada decimotercera. Él también dormía a aquella hora.

—Pero eso se va a saber muy pronto, porque el recreo acaba a las doce menos cinco. Así que, cuando estemos entrando en clase, ya sabremos si da doce o si da trece campanadas.

No había acabado Pedro de decir esto, cuando se escuchó el timbre del final del recreo, y cada uno se fue camino de su aula respectiva.

Xes, en aquel mismo momento, estaba delante del campanario de la iglesia con los ojos fijos en la esfera del reloj. Esperando que las dos agujas estuviesen perfectamente superpuestas para marcar las doce.

En la farmacia, don Ángel, que estaba atendiendo a unos clientes, observó su reloj...

—Callen un momentito, por favor —les dijo a los clientes.

El reloj comenzó a dar las campanadas de las doce del mediodía y dio, justa y cabalmente, las doce campanadas que tenía que dar. Ni una más ni una menos.

En el colegio, Pedro buscó con la mirada a Cristina y ésta le hizo un gesto con las manos confirmándole que no habían sido más que doce las campanadas que se habían oído.

Aquella noche fueron ya muchos los que tuvieron prisa por acostarse. Por la tarde habían ido cayendo por aquí y por allí pequeños comentarios, y en Eiranova se sentía cierta curiosidad por lo que haría el reloj a las doce.

Cada vez que se acercaba el momento de una

hora en punto, en las casas se iba haciendo el silencio y todos contaban mentalmente las campanadas: una, dos, tres... De esa manera, cuando el reloj comenzó a dar las doce, Xes contaba con mucho cuidado: una, dos, tres..., cuatro, cinco... El farmacéutico había dejado su lectura acostumbrada para concentrarse en contar el número de campanadas. En su cama, Cristina contaba en alto para no equivocarse: seis, siete... Pedro, para asegurarse bien de que no hubiese error en su cuenta, hacía rayas en la pared de su dormitorio: ocho, nueve..., diez, decía Elisa al mismo tiempo que sacaba el único dedo de las dos manos que le quedaba por estirar. Y Xes: once. Y Cristina: doce. Y todos: ¡¡trece!!

Ahora ya no había duda. El reloj había dado la campanada número trece. Aunque les pareció igual que las otras, ya estaban seguros de que no eran figuraciones ni sueños: había dado trece campanadas. Aquel reloj fallaba. Xes decidió que lo primero que haría por la mañana sería llamar al relojero para que viniese a arreglarlo.

El relojero no quiso creer lo que le decía Xes por teléfono. No podía ser que el reloj funcionase correctamente veintitrés horas y media todo el día y no tuviese otro fallo que el de las doce de la noche.

—Eso no puede ser, don Xes. Podría ocurrir que el reloj se descontrolase y diese todas las campanadas a lo loco, pero para hacer eso que usted me dice tendría que hacerlo adrede, y el reloj es una máquina que no sabe si lo que está dando son las doce de la noche o las de la mañana. Las máquinas no tienen intenciones, ni buenas ni malas.

—Pues el caso es que el reloj ha dado dos veces las doce de la noche desde que ustedes lo instalaron, y en las dos veces ha dado trece campanadas en lugar de doce que debía dar. Y esto no lo he comprobado solamente yo, sino que hay otros vecinos que también lo han comprobado.

Por fin accedió el relojero a que iría al día siguiente a comprobar el funcionamiento del reloj.

Cristina estaba en el patio de atrás de su casa, comentando con Elisa que la noche anterior el reloj también había dado trece campanadas. En ese momento llegó Pedro acompañado de Delio, un chico de doce años, su inseparable compañero y amigo también de las niñas. Venían comentando el mismo suceso.

—No seas tonto, Delio —decía Pedro—; no tiene sentido que funcione bien durante todo el día y sólo falle a las doce de la noche.

—Pues ya me dirás tú qué otra explicación le encuentras —terqueaba Delio.

—¿También habláis vosotros del reloj? —les preguntó Elisa.

—Es que Pedro dice que no está averiado y yo digo que sí.

—También yo pienso de la misma manera —afirmó Cristina—. Y si no es avería, debe de ser alguien que lo hace sonar adrede.

Quedaron todos en silencio después de escuchar lo que la chica acababa de decir. Y así estaban cuando apareció Miguel, que era el hermano pequeño de Cristina. Aunque sólo tenía ocho años, siempre se unía a ellos si sospechaba que estaban organizando algún paseo o algún juego. A algunos no les gustaba mucho que fuese con ellos porque dicen que tiene fama de charlatán y de que lo cuenta todo.

—¿De qué hablabais? —preguntó.

—Cristina piensa que la campanada número trece no la da el propio reloj, sino que alguien se la hace dar —respondió Elisa.

—¿Sí? ¿Y cómo? —volvió a preguntar Miguel.

—Eso sí que ya no lo puedo decir. Pero pienso de esa manera, aunque puedo estar equivocada. El reloj anda bien siempre, toca bien todas las horas... ¿Por qué iba a dar más campanadas a las doce de la noche?

—A mí ya me empieza a gustar esto —dijo Miguel con entusiasmo—. ¡El misterio de la campanada número trece!

—Pues si piensas así, habría que hablar con Xes y decírselo para que vigile por la noche —habló Delio.

—Voy corriendo a contárselo —dijo Miguel, y se levantó de pronto.

—¡Eh! ¡Alto ahí! Tú aquí, quieto con nosotros —le cortó Cristina cogiéndolo por un brazo—. No digamos nada aún, que no sabemos si estamos en lo cierto o no.

—Este enano, siempre dispuesto a cotillearle todo a cualquiera —dijo Pedro, y lo cogió por el otro brazo y le obligó a sentarse de nuevo en el sitio en el que estaba.

—¡Oye tú, grandullón! A mí me llamas por mi nombre, y si no te gusta Miguel puedes decirme «¡oye tú!», pero lo de enano guárdalo para ti si te hace falta.

—¡Tiene genio el chico! —se rió Pedro—. ¿Y por qué no quieres que se lo digamos a Xes?

—Por dos cosas. La primera porque si estamos equivocados, no es cosa de darle pistas sin razón alguna; y la segunda porque si estamos en lo cierto, esto tiene que quedar entre nosotros hasta que sepamos quién es.

—¿No estarás pensando que es Xes el que toca la campana? —le preguntó Elisa con asombro.

—No desconfío de nadie, porque esto se me acaba de ocurrir ahora mismo, y aún no he tenido tiempo de pensar en persona alguna. Lo mejor será pensar que no es nadie en particular, pero alguien tiene que ser.

—¿Y de qué manera vas a lograr que éste no vaya a largar por ahí todo lo que estamos hablando? —preguntó Delio mirando a Miguel.

Miguel quiso protestar por esta desconfianza, pero su hermana lo hizo callar con un gesto.

—De esto no va a contar nada, porque él sabe muy bien que si alguien supiera algo de lo que estamos hablando, y no hay tal cosa, se puede montar un follón de sospechas que no habrá quien lo pare. Por otra parte, si estamos en lo cierto, es mejor que no salga de aquí, para ver si podemos averiguar algo.

La idea fue bien acogida por los otros cuatro, y decidieron, después de algunas disputas, que serían Pedro y Delio quienes irían por la noche al atrio para ver lo que ocurría. Ellos eran los más indicados para hacerlo, porque sus habitaciones estaban situadas en la planta baja de sus casas, y esto les facilitaba el poder salir por la ventana sin ser vistos por nadie. En el caso de que notasen alguna cosa rara, por ejemplo alguien que anduviese por el tejado de la iglesia, o que, después de dar el reloj la decimotercera campanada, saliese de la iglesia, tratarían de fijarse bien en él para intentar reconocerlo. Por la mañana se lo comunicarían a todos y ya decidirían lo que había que hacer.

Así, al mismo tiempo que se oían los toques de las once y media, salía por la ventana de su cuarto Delio, a quien ya esperaba, escondido, Pedro. Juntos, y teniendo mucho cuidado de que nadie los viese, se encaminaron al atrio. Al pasar por delante de las ventanas iluminadas de las cocinas de las casas, se agachaban para que su presencia no fuese advertida.

No tardaron en llegar al camino que llevaba a la iglesia, y como allí no había ya casas no eran necesarias tantas precauciones. De todas las maneras andaban con tino, porque podría aparecer alguien, y más si las teorías de Cristina sobre el origen de la campanada número trece eran acertadas.

Encontraron un buen lugar para esconderse. Se trataba de una casa abandonada que era conocida como la Casa del Sacristán, porque en ella había vivido un hombre que durante muchos años había ejercido tal oficio. Estaba situada en un alto que había detrás y a un lado de la iglesia. Los chicos se metieron en la planta baja y desde allí se pusieron a observar lo que pasaba alrededor de la iglesia. No pensaron ni por un instante en subir al piso alto porque estaban muy advertidos del peligro que esto podía suponer, ya que la madera se había ido pudriendo con el tiempo y ya no soportaría ni el peso de un niño.

Bien escondidos, se dispusieron a esperar a que diesen las doce, con los ojos y con los oídos atentos a todo movimiento que viniese del atrio de la igle-

16

sia. Aunque no veían directamente la puerta, nadie podría salir o entrar sin que ellos se percatasen de su presencia.

Cada una en su cama, Cristina y Elisa permanecían despiertas y escucharon todos aquellos toques del reloj que así les iban avisando de lo que faltaba para las doce de la noche. Ninguna de las dos podía dejar de pensar en Delio y en Pedro, por los que temían. Cristina estaba especialmente inquieta, se sentía responsable de que pudiesen estar metidos en algún peligro. Cada poco tiempo encendía la luz para comprobar la hora en el reloj de su mesita de noche. Miguel, aunque hizo el esfuerzo de permanecer despierto, no fue capaz de sostener abiertos los párpados y acabó vencido por el sueño.

Y como, más tarde o más temprano, todo llega, también llegaron las doce —y no tarde ni temprano, sino en punto—. Comenzaron a sonar las campanadas del reloj. Una, dos, tres... Todos contaban: Cristina, Elisa, Xes, don Ángel y, ¿cómo no?, Delio y Pedro. Diez, once, doce y... ¡¡trece!!

Un rumor de sorpresa recorrió Eiranova de punta a punta.

En su escondrijo, Pedro y Delio se miraron en la oscuridad casi sin verse, pero siguieron allí sin hacer movimiento alguno. Pedro tenía los ojos fijos en el empedrado de la iglesia, mientras Delio vigilaba el atrio de cabo a rabo.

«Ahora lo tienen que ver Pedro y Delio, y mañana ya sabremos quién es...», pensaba Cristina en su cama con los ojos muy abiertos en la oscuridad.

—Pedro, aquí no se ve ni se oye a nadie.

—Nada. Será mejor echar una ojeada dentro de la iglesia. Podemos entrar por la ventana de la sacristía, que no cierra bien y se puede abrir desde fuera.

—Pero tú estás loco... Si entramos en la iglesia y está dentro el que toca la campana, ¿piensas que nos va a dejar marchar después de que lo veamos?

—No tengas miedo, hombre, que no va a pasar nada. Si está dentro, en cuanto nos vea, huye.

—Además, Cristina nos dijo que observásemos desde fuera.

—Déjate de tonterías y ahora hazme caso a mí. Venga, vamos allá.

Al tiempo que decía estas palabras, Pedro salió de la Casa del Sacristán. Delio, de muy mala gana, fue tras él. Atravesaron corriendo la parte del atrio que separaba la casa de la sacristía.

Apoyado en las manos cruzadas que Delio le ofrecía como soporte, Pedro abrió la ventana y pasaron.

Allí no se veía nada; estaba mucho más oscuro que afuera. Pedro anduvo unos pasos con tino de no tropezar en nada. Avanzaba despacito, arrastrando los pies. Así fue como encontró la cómoda de la ropa del cura, y de esta manera pudo orientarse y encontrar la puerta que conducía al interior de la iglesia. Delio lo seguía lo más cerca que le era posible.

Cuando llegaron al presbiterio tuvieron, por lo menos, una referencia: la lámpara del sagrario. Guiados por aquella lucecita, se adentraron en la iglesia para investigarla. Miraban en todos los rincones: entre los bancos, debajo del altar, en los ángulos que las columnas formaban con las paredes... Y siempre a tientas, porque no tenían otra manera de hacerlo.

Delio palpó con las manos detrás de unas imágenes que estaban muy cerca de la puerta de la sacristía, por la que habían entrado hacía sólo unos minutos. Allí tampoco había nada ni nadie. Comenzó a recular en busca de Pedro y, cuando apenas había dado un paso, se encontró con algo; echó una mano atrás para tocar el obstáculo que le impedía continuar el camino... Era una persona... Quedó parado y tieso como una estaca. Estuvo así unos segundos y, rápidamente, echó a correr tropezando en los bancos y tirando los reclinatorios por el suelo al tiempo que gritaba:

—¡Pedro, ven! ¡Vámonos, que está aquí!

—Delio, no corras, que soy yo —le habló Pedro en voz baja—. Y no grites.

Se buscaron en la oscuridad y no tardaron en dar el uno con el otro. Se cogieron de la mano.

—No tengas miedo, hombre —calmó Pedro a su amigo—, que a mí también me has dado un buen susto. Y no vuelvas a gritar.

—Pues vámonos, que aquí no hay nadie. Y si lo hubiese, a estas alturas ya está cansado de saber que estamos aquí.

—Aunque sepa que estamos no se puede mover, porque se descubriría. Así que vamos a ver en los confesonarios y en la escalera del campanario.

—Yo al campanario no subo; ni que me lo mandes tú, ni que me lo mande Cristina, ni que me lo mande quien lo mande —la voz de Delio casi no se oía, pero se adivinaba muy decidida en su negativa.

—Está bien —consintió Pedro—. Yo iré al campanario, y tú echa una mirada en los dos confesonarios, y después nos vamos.

Pedro no esperó la respuesta de su compañero y arrancó hacia la escalera del campanario.

Delio vio desaparecer su figura en la oscuridad y se puso en cuclillas en el suelo. No se atrevía a mirar en los confesonarios. Aunque quisiera, no era capaz de dar un paso hacia el que tenía más cerca de él. Le pareció haber escuchado un ruidito y contuvo la respiración. «Seguro que es Pedro por la escalera del campanario», pensó. Estuvo muy quieto esperando a ver si se repetía, pero ya no escuchaba nada que no fuese su propia respiración, que le parecía sonar como un fuelle de fragua. «Mucho tarda ése en volver. Y cuando venga y me pregunte si he encontrado algo en el confesonario, ¿qué le digo?», pensaba sin moverse.

—¡Delio! —llamó Pedro en voz muy baja.

—Venga, vámonos, que aquí no hay nadie —fue la respuesta de Delio, encaminándose hacia la sacristía guiado por la lámpara del sagrario.

—No, en la escalera y en el campanario no hay nadie. ¿Y en los confesonarios?

—Tampoco —respondió Delio—. Vámonos, que van a notar nuestra falta en casa.

Salieron de nuevo por la ventana de la sacristía, teniendo cuidado de dejar todo tal y como estaba antes. Emprendieron el camino de vuelta con la precaución de no ser vistos. Un poco después, cada uno en su cama, dormían.

II. EL PRIMER MENSAJE

CRISTINA y Pedro ya habían hablado algo por el camino del colegio. Pero, para que todos estuviesen presentes en la conversación, quedaron en hacerlo más detalladamente durante el recreo. Como era el penúltimo día de colegio, seguro que sería más largo de lo acostumbrado.

En efecto, en el recreo los cinco se juntaron en las escaleras de acceso al comedor, porque como en junio no había clases por la tarde, nadie iría por allí.

—No había nadie; puedes estar bien segura de que no dejamos de mirar el empedrado del atrio, y allí no entró ni salió nadie —dijo Pedro.

—Llegaría antes que vosotros y estaría escondido hasta que os fuisteis.

—No puede ser —dijo Delio—. Porque también buscamos dentro de la iglesia, y no había nadie.

—¿Entrasteis dentro de la iglesia, Pedro?

—Sí. Se puede entrar por la ventana de la sacristía. Registramos todo. Yo mismo subí hasta el campanario y no había persona ni cosa alguna fuera de las que era normal que hubiese.

—Yo registré los dos confesonarios y tampoco vi nada —mintió Delio.

Cristina quedó callada y pensativa. No miraba a ninguno de sus amigos, sino que tenía la vista fija en las montañas que se veían a lo lejos.

—Entonces es cierto que el reloj está averiado y por eso ya no ha tocado hoy en toda la mañana —dijo Miguel como si acabase de encontrar la solución del caso.

—No, Miguel, no... —negó Cristina—. El reloj no ha tocado hoy en toda la mañana porque ha venido el relojero a revisarlo. Hasta hablan de cambiarle la maquinaria, por eso tampoco ha venido hoy Xes a nuestra clase. Lo ha dicho el de «mate». Pero sigo pensando que están equivocados... El reloj está bien y aquí pasa algo raro. Por la tarde ya hablaremos. Venid por casa después de comer. Ahora me voy, que tengo que ir a la biblioteca para recoger los libros que pedí para el verano.

—Espera, que te crees tú que a mí me van a dejar salir después de comer. Tengo que ayudarle a mi madre —se lamentó Elisa.

—Pues vienes cuando acabes. Ya te contaremos.

Una vez dicho esto, Cristina se levantó y se dispuso a entrar en el edificio escolar. Los demás también se fueron cada uno por su lado, salvo Pedro, que dio una carrerita y se colocó al lado de Cristina.

—Espera, que voy contigo.

—Ten cuidado, Pedro, que después Miguel se lo cuenta a mi madre y ella hace como que no le da importancia, pero cada vez que quiero salir de casa se presenta algo que hacer.

—Miguel ha salido como un cohete camino del

campo pequeño, donde están sus compañeros jugando. Ahora mismo poco le importa por dónde andamos tú y yo.

Entraron los dos juntos y se fueron derechos a la biblioteca. Allí había una fila de niños que estaban recogiendo los libros para leer durante las vacaciones. Cada chico le había dado a su tutor una lista con los títulos que le interesaban, y el tutor se encargaba de preparárselos.

Le llegó el turno a Cristina y cogió cinco de los seis libros que había pedido; el que le faltaba tendría que leerlo cuando lo acabase Celia, que también lo había pedido. Se fue Cristina, y Pedro se quedó allí en espera de que le diesen los suyos.

Cuando los chicos salían de la escuela, la furgoneta del relojero llegaba al cruce, donde tenía que parar porque había una señal de *stop*. La primera que vio la furgoneta fue Elisa, que se lo gritó a Cristina. Cristina se acercó a la puerta del auto y le preguntó al relojero:

—¿Qué tenía el reloj?

—Nada. Estoy seguro de que no tiene nada. Pero ahora le he puesto una nueva maquinaria, porque el cura y otros dos que estaban allí han insistido que era mejor cambiarla. Si vuelve a enloquecer, a mí que no me llamen, que ya no es cosa mía.

Cristina se separó de la puerta, y la furgoneta arrancó llevándose la vieja maquinaria del reloj, que para la niña, como para el relojero, no era la causa de lo que estaba pasando en Eiranova.

Cuando instalaron el primer reloj, todos comprobaron que daba bien las horas y las medias. Lo que hacían ahora con el nuevo era contar el número de campanadas de las horas para ver si daba alguna de más o de menos. Daba las correspondientes y justas en cada una, era exacto en el momento de darlas y no se adelantaba ni atrasaba.

Xes había estado toda la mañana en el campanario con el relojero mientras éste le cambiaba la maquinaria al reloj. No se había perdido ninguno de los manejos que el hombre hacía, al mismo tiempo que le preguntaba todo lo que se le ocurría. El cura era amigo de aprender de todo, pero en este caso las preguntas se referían únicamente a la parte de la maquinaria del reloj que tenía por misión hacer tocar la campana a una hora determinada.

Tal y como habían acordado, los chicos fueron llegando después de comer a la puerta de la casa de Cristina y Miguel. El primero en llegar fue Pedro. Poco después llegó Elisa, que había acordado con su madre dejar para más tarde las tareas encomendadas. El último en aparecer fue Delio, porque siempre había sido un tardón en acabar de comer, cosa que todos sabían ya.

Cristina los esperaba hojeando los libros que había retirado de la biblioteca. Cuando llegaron sus amigos tenía en la manos *Gentes de aquí y de allá,* de Álvaro Cunqueiro. Al levantarse para saludarlos, inesperadamente cayó del libro una hoja doblada, que Pedro recogió del suelo y se la entregó. Cristina la desdobló y al momento exclamó:

—¡Mirad lo que hay aquí!

Era una hoja de papel en la que estaban pegadas letras de imprenta de distinto tipo formando palabras.

—¿Qué es esto? —preguntó Miguel.

—No sé —respondió Cristina—. Un papel que había aquí, dentro de este libro.

Le pasó el papel a los otros para que lo fuesen leyendo, mientras ella seguía hojeando el libro.

—No entiendo nada. ¿Qué quiere decir esto? —se extrañó Elisa.

1.er meNSajE

EL qUe taNto AnsIÁis

CAMINO Hará gasTar

OS LLEVA, Y No Osáis

AL bUen sitIO IR a RonDAR

FRÍo por Ahora AndÁis

(?)

Delio cogió el papel en las manos, y a medida que lo iba leyendo se ponía poco a poco colorado.

—Está claro que esto lo hizo quien toca la campana —dijo—. Y sabe que Pedro y yo estuvimos allí.

Todos miraron hacia Delio, extrañados de escuchar lo que decía. No era necesario que le hiciesen ninguna pregunta porque sus rostros ya reflejaban las interrogantes que semejante afirmación les sugería.

—Tengo que deciros una cosa ~
Este tío estaba en la iglesia cuando
bamos dentro.

—¿Qué? —gritó Pedro—. ¿Y c

—Porque yo no me atreví a regis.
sonarios y aquí dice «... y no osáis al buen si...
a rondar».

—De manera que me has mentido —le reprochó
Pedro.

—A mí ya me había llamado Pedro «caguetas»
aquel día no sé cuántas veces, así que no me atrevía
deciros que el miedo me había ganado otra vez. No
me gusta mentir, pero no quería quedar por mie-
doso.

Cristina miró a Delio y a Pedro antes de hablar.
Estaba en lo cierto, alguien tocaba la campana; no
sabía cómo, pero ahora era ya sólo cosa de tiempo.
Con tiempo y pensando bien las cosas, estaba segura de descubrirlo.

—De aquí en adelante vamos a pasar miedo todos, y más de una vez. Así que el que no tenga
miedo a nada, que se vaya. Pero el que vuelva a
mentir, que se vaya más lejos aún.

—Muy bien —habló Pedro—. Dos cosas están
claras: una, que es cierto que hay alguien que hace
sonar la campana después de dar la campanada número doce; y segunda, que nos vigila y quiere que
sepamos que nos vigila.

—A ver quién me explica algo a mí, que no entiendo nada y no me entero. ¿Quién ha hecho esta
mamarrachada de mezclar mayúsculas y minúsculas, que si lo hago yo en el colegio, a buena hora
estoy aquí...? —gritaba Miguel tratando de ente-

e de algo en aquel lío del papel que Cristina
bía encontrado dentro del libro.

—Saber quién escribió este papel sería tanto
como saber quién le hace dar una campanada de
más al reloj —comentó Cristina intentando dar un
orden a su razonamiento, para poder extraer alguna conclusión del mensaje que tenía en la mano —.
Así que comenzaremos por hacernos preguntas y
procuraremos entre todos darles respuestas.

—Primera pregunta —habló Pedro—. ¿Quién
pudo poner el mensaje, como él lo llama, dentro
de un libro que estaba en la biblioteca del colegio
y donde cualquiera podía cogerlo?

—Alguien que supiese que a ti te gustan mucho
los libros de Cunqueiro y que siempre estás hablando de ellos —respondió Elisa.

—La respuesta es buena. Vale. Casi todos los
que me conocen saben que me gustan mucho. Además hay que suponer que quien toca la campana es
alguien que sabe arriesgarse.

—Cierto, si este libro lo cogiese alguien que no
fuese uno de nosotros, no le prestaría atención al
mensaje —era Delio quien hablaba ahora—. Pero
también quiero hacer una pregunta: ¿por qué sabe
que andamos detrás de él?

—Eso te lo contesto yo —afirmó Elisa—. Porque os vio en la Casa del Sacristán o en la iglesia.

—Ahora me toca a mí preguntar —se dirigió
Cristina a sus compañeros—: ¿Por qué construye
el mensaje con letras de imprenta pegadas en un
papel y no a mano o a máquina?

—Porque si escribe a mano podríamos reconocer la letra —respondió Pedro. Y prosiguió—:
Luego es alguien que conocemos.

—¿Y a máquina? —insistió Cristina.

—¡Ay, eso ya no lo sé! —exclamó Pedro.

—Pues yo misma te daré la respuesta: porque el secreto de la interpretación puede estar en la forma de las letras. Ahí puede estar escondido el auténtico mensaje.

Todos volvieron a leer el papel. Esta vez con más atención, e incluso Miguel lo leyó en voz alta. Después permanecieron todos callados un tiempo.

—¿Hay más preguntas? —Cristina rompió el silencio.

—Muchas —dijo Pedro—. Pero ahora no sabría decirlas. Pienso que lo primero que hay que hacer es tratar de averiguar si el mensaje nos da alguna pista.

—Tengo que irme. Le dije a mi madre que no tardaría mucho —cortó Elisa.

—También yo tengo trabajo —añadió Cristina—. Lo que haremos es irnos ahora y pensar en el asunto hasta encontrar algo, y dentro de dos horas nos vemos aquí otra vez.

—¿Qué hora es?

Aún no había acabado de hacer Pedro esta pregunta, cuando el reloj dio las tres.

—Ya lo oyes, aquí a las cinco —confirmó Cristina—. Y no habléis con nadie de este asunto.

—Cuidado con la lengua, Miguel —amenazó Delio.

—Ten cuidado con la tuya, que la mía no se va a mover —respondió Miguel con rapidez y un aire de enfado por la desconfianza del amigo.

El papel volvió a pasar una vez más de mano en mano, lo leyeron todos atentamente y lo memorizaron, intentando encontrar alguna pista. Según acababan de leer, como si fuese algo acordado, se despedían y se marchaban. Cuando Cristina y Miguel se quedaron solos, la chica lo metió nuevamente dentro del libro, y entraron en su casa.

Tal y como habían quedado, al cabo de dos horas estaban todos de nuevo delante de la casa de los hermanos. Venían con la cabeza llena de ideas, hasta el punto de que lo primero que decían a medida que llegaban no era un saludo, sino que directamente advertían a Cristina que traían algo interesante que comunicar.

—¿Sabes lo que he pensado?

Pero Cristina no quiso que se hablase de nada hasta que estuviesen en un lugar que ofreciese la garantía de que nadie los escucharía.

—Esperad un momento —dijo—. Será mejor que vengáis todos dentro. Hablaremos mejor en el cuarto que hay detrás de la cocina. Allí estaremos solos y sin miradas ni oídos indiscretos.

Entraron todos y se dirigieron a aquel cuarto del que hablaba Cristina. Era una estancia pequeña en la que en invierno muchas veces se juntaban para jugar o charlar. Nadie los molestaba ni a nadie molestaban. El primero en hablar fue Pedro.

—En primer lugar, tenemos que hacer dos listas de personas. Pondremos en una todos los que podrían saber que este libro lo cogerías tú. En la otra, los que entraron en la biblioteca ayer por la mañana. Entre ellos tiene que estar el nombre del autor de la campanada número trece.

—Desde luego que sí —dijo Cristina—, pero el asunto estará en adivinar el nombre. Prefiero otro camino; más largo, pero más seguro. La persona que buscamos parece dispuesta a ir dándonos pistas que nos lleven hasta ella. Si dice que el mensaje que puso en el libro que yo había pedido es el primero, esto quiere decir que habrá otros. No tenemos más que seguirle el juego y daremos con él.

—Por el camino que tú dices —se dirigió Elisa a Pedro—, nos van a salir dos listas de nombres tan grandes que nos llevará un año entero vigilar a esas personas. Durante toda la mañana de ayer estuvo entrando gente de fuera del colegio en la biblioteca, porque allí dieron las notas de los pequeños y vinieron sus padres. Así que vete pensando en cien personas como mínimo. Y todos cuantos entraron en la biblioteca podían saber los libros que Cristina había pedido, porque en la mesa estaban las listas de todos los que pedimos libros.

Cristina tomó el papel del mensaje en la mano y, después de mirarlo un momento, lo puso encima de la mesa.

—Será mejor tratar de sacarle al papel algo más de lo que parece decir. Intentemos encontrar la clave del mensaje.

—Estuve toda la tarde combinando palabras y no me ha salido nada que se entienda —dijo Delio con desánimo.

—¿Y si ponemos juntas todas las minúsculas en un lado y las mayúsculas en otro? —preguntó Elisa en un intento de avanzar.

—Es una buena idea. Veamos. E..., L..., U..., T... Con las mayúsculas, nada... Y con las minúsculas: q..., e..., t..., a... Tampoco sale nada que tenga significado.

—¿Y puestas de arriba abajo? —apuntó Miguel.

—¡Espera! —exclamó Pedro—. ¿Cómo se llama

eso que aparece en algunos poemas en los que si se lee la primera letra de cada verso sale una frase?

—¡Acróstico!

—¿Y aquí que nos sale?

—E..., C..., O..., ECO..., AF..., ECOAF... ¿Qué es esto?

—Nada. Tampoco así —dijo Elisa ya algo decepcionada.

Todos seguían mirando con atención el papel que estaba en medio de la mesa. Cuando uno tenía una nueva idea para interpretar el mensaje, le daba la vuelta hacia él. Ahora era Miguel el que puso la mano en el medio y lo giró de tal manera que quedó frente a él.

—¡Alto! —gritó—. ¡Ya lo tengo!

—¡Qué vas a tener tú, hombre! —dijo Delio despreciando la aportación de Miguel.

—Pues sí, tengo la solución. No sé lo que quiere decir, pero debe de tener sentido.

—Pues di lo que sea y pronto —apremió Cristina.

—Estas cinco palabras que están de primeras en cada línea...

—¡A ver, a ver!

Todos los ojos se dispusieron a leer el mensaje de la forma en que Miguel acababa de decir.

—Parece que tiene algún sentido, no mucho, pero... —reconoció Delio a duras penas.

—Ya, ¿y qué quiere decir «frío»? ¿A dónde nos lleva el camino? —inquirió Elisa dirigiéndose a Miguel.

—Eso ya no lo sé. Aquí el más pequeño ya encontró la salida. Ahora os toca a vosotros, los mayores, que siempre sois más listos, saber a dónde nos lleva.

—Todavía puede que no sea ésa la solución —dijo Pedro algo mosqueado de que el más pequeño de los cinco fuese el que encontrase la interpretación del mensaje.

Cristina había permanecido callada desde que había leído el papel en la forma que Miguel había dicho. Estuvo todo el tiempo mirando fijamente el mensaje. Por fin se dirigió a Miguel pasándole la mano por los hombros, al tiempo que le hablaba.

—Muy bien, Miguelito, muy bien. Aún no sabemos lo que significa, pero ése es el verdadero mensaje: las palabras que están escritas con el mismo tipo de letra y colocadas las primeras en cada verso.

—Y ahora, ¿qué hay que hacer?

—Tendremos que ver qué cosas frías hay para seguir la pista, ¿no?

Cristina asintió con la cabeza, y todos comenzaron a decir cosas que eran o estaban frías.

—La nieve...

—El hielo...

—La helada...

—El agua...

—El agua del río...

—El hierro...

—El bronce de la campana...

—Parad, parad —dijo Cristina—. Puede ser que forme parte de un mensaje que se complete después y que no tenga sentido por sí mismo. Pero habrá que ver todas las cosas que acabáis de decir, especialmente en el río y alrededor de la campana.

—Pues busquemos en todos los frigoríficos de Eiranova —propuso Miguel riéndose.

—Para, Miguel; ya que has tenido una buena idea hoy, no quieras seguir de genial toda la tarde, que puedes ir muy lejos —reía también Delio.

Quedaron todos callados. Cuando se dieron cuenta de su silencio, miraron a Cristina como esperando su decisión. Ella se levantó de la silla en la que estaba, cogió el papel y lo volvió a guardar en el libro de Cunqueiro.

—Mañana por la tarde iremos al río. Si hay algo allí, lo encontraremos, y si no, subiremos al campanario.

Todos quedaron conformes con la respuesta de la chica y empezaron a levantarse para salir. Cuando se dirigían a la puerta, Delio cogió a Pedro por el brazo y le dijo:

—Aún falta por ver si esta noche el reloj da doce o trece campanadas.

Cristina volvió la cara hacia él y sonrió.

—Nosotros sabemos seguro cómo va a tocar. Cualquiera en Eiranova puede pensar que a lo mejor esta noche no da más que doce, pero sólo nosotros sabemos seguro que va a dar trece.

Asintieron todos. Era cierto que todo aquello tenía sentido, porque esa noche el reloj iba a dar otra vez una campanada de más.

El poco tiempo que quedaba de la tarde fue pasando sin que sucediese nada nuevo. La vida en Eiranova transcurrió como transcurría en una tarde cualquiera del mes de junio. Y llegó la noche y con ella el momento en que el reloj daría las doce. Dio trece campanadas.

Xes, en su casa, dijo:

36

—¡Mal rayo parta el reloj y a quien lo inventó!

El farmacéutico, en medio de su lectura, pensó: «Habrá que acostumbrarse a que toque trece todas las noches».

Los chicos, en sus camas, pensaron que para ellos no era novedad.

III.   EL LABERINTO

EL día siguiente fue el último de colegio antes de las vacaciones. Hubo juegos y actividades deportivas, con asistencia de muchos padres. Los chicos apenas estuvieron juntos, y mucho menos para hablar del asunto que los ocupaba. Quienes hablaron de ello fueron los adultos, que no tuvieron otro tema de conversación que no fuese el de la campanada de más que daba el reloj nuevo de la iglesia.

Por la tarde, después de comer, los chicos se reunieron en casa de Cristina y Miguel, lugar de todas las reuniones. Estuvieron hablando de la estrategia que seguirían ahora, y decidieron dar una vuelta por el río. Cristina no estaba totalmente convencida de que el agua del río guardase relación directa con la palabra «frío» que figuraba en el texto del mensaje. Le parecía más bien que era algo que tendría sentido a medida que hubiese nuevos mensajes. Pero no se podía dejar ninguna pista sin comprobar.

Decidieron que irían todos a buscar las bicicletas y que llevarían de casa algo para comer, porque pensaban gastar toda la tarde recorriendo el río.

Poco tiempo después ya estaban todos delante de la casa de Miguel y Cristina de nuevo, bien pertrechados y dispuestos.

Para ir al río tenían que pasar por el atrio de la iglesia y en la puerta vieron el coche de Xes, un coche amarillo, viejo como el polvo de los caminos. Pararon y entraron en la sacristía.

—Buenas tardes —fueron diciendo los chicos según entraban.

—Buenas tardes —respondió el cura—. ¿Qué hacéis por aquí?

—Vamos a dar una vuelta por el río.

—Xes —habló Cristina—, ¿me dejas subir al campanario, que quería ver una cosa?

—Ya sabes de sobra que no quiero que suban chicos al campanario, y mucho menos solos. Resbalas en las pizarras del tejado, y adiós Cristina. ¿Qué queréis hacer en el campanario?

—Nada, quería ver el reloj de cerca.

—No me hables más de él, que ya estoy arrepentido por aceptar la responsabilidad de la instalación. Si fuese ahora, les aconsejaría a los vecinos que se gastasen el dinero en nueces para todos, y estaría mejor empleado.

—Anda, hombre, déjame subir. Si no quieres que vaya sola, ven tú conmigo.

—Venga, anda, que cuando os ponéis tercos es mejor haceros caso a la primera, porque es tiempo que se gana.

—Elisa, ven con nosotros —llamó Cristina a su amiga.

—Vaya, por si fuese poco una, dos. Venga, largando delante de mí.

Las niñas se dirigieron a la escalera que desde la

puerta de la iglesia llevaba al campanario. Los chicos se quedaron en la sacristía algo desconcertados por aquella decisión de Cristina, de la que no estaban advertidos. Pedro reaccionó y se dirigió a la puerta de la sacristía. Al mismo tiempo que caminaba para salir de la iglesia, dijo a Delio y a Miguel:

—¡Venid afuera!

Salieron los tres. Se apartaron algo de la puerta de la iglesia y, desde allí, se pusieron a observar el campanario. Poco tardaron en aparecer en él Xes y las chicas. Cristina tocó la campana grande y después miró alrededor del campanario, observando las losas de pizarra que cubrían el tejado de la iglesia.

Pedro se agachó, cogió una piedra y la lanzó contra la campana. Le atinó y la campana sonó débilmente, mientras la piedra, después de dar en el bronce, atravesaba el campanario y rodaba por el tejado. Cristina se echó a reír y tomó la piedra, que había ido a parar poco más allá de un metro de sus pies.

—¿Ves?, ésa podría ser la explicación de que la campana toque a las doce una campanada de más.

—Entonces Pedro es quien le tira piedras —afirmó Xes como si ya tuviese la solución al problema que lo traía a mal traer.

—No, Xes, no. La cosa no es tan sencilla. Ni es Pedro el que hace tocar la campana, ni le tira piedras, porque aquí no hay más piedras que la que acaba de lanzar Pedro. Y ya no voy a decir que tuviese que haber cuatro, que fueron las veces que la campana tocó fuera de su programa desde que se instaló el primer reloj, pero por lo menos la de esta noche pasada tenía que estar por algún lado y yo no la veo. ¿La ves tú?

—Podía haber rebotado y volver a caer abajo —dijo Xes.

—Sí, eso podía ser, pero alguna habría ido a parar al tejado. Aquí no hay más que dos sitios desde donde poder tirar piedras a la campana. Uno ahí enfrente, donde está Pedro, que es el único desde el que habría posibilidades de que la piedra rebotase y fuese a caer nuevamente al suelo. Y el otro está en la Casa del Sacristán, que, al estar encima de las peñas, permite tener la campana a tiro, pero las piedras quedarían en el tejado.

—¿Y por qué no desde el atrio?

—Porque, desde ahí, cualquiera que pasase podría ver al que tira las piedras. Yo te digo que te puedes poner en la puerta de la iglesia toda la noche, que tocará la campana y no verás a nadie. El que las tira tiene que ponerse, o bien en la Casa del Sacristán, o bien en uno de los fresnos que están al lado de ella.

Elisa, que había callado todo el tiempo que duró la conversación entre Xes y Cristina, había estado mirando alrededor de la campana. Giró hacia Xes y Cristina y dijo:

—Estáis equivocados los dos, porque nadie tira piedras.

—¿Por qué dices eso? —se extrañó Cristina.

—Digo esto porque aquí veis la señal de la piedra que le lanzó Pedro a la campana. Es la única señal que hay en ella, y quien la hace sonar tendría que tirar la piedra con más fuerza que Pedro.

Miraron los tres alrededor de la campana. No tenía ninguna señal de golpe, ni restos aparentes de

42

piedras. Sólo la que había lanzado Pedro desde el atrio.

—¿Y ahora qué? —le preguntó Xes a Cristina.

—Pues ahora habrá que seguir pensando. Tú también debieras usar la cabeza, pues estás muy desagradable con ese enfado que has cogido.

—Es que ya estoy de la campana y del reloj hasta aquí —y Xes se tiraba de los pelos—. Tenéis que perdonarme. Venga, vamos abajo.

Bajaron las niñas y el cura del campanario y salieron de la iglesia. En el atrio los esperaban los chicos.

—Te veo muy interesada, Cristina, en el asunto de la campanada de las doce de la noche. ¿A qué viene tanto interés?

—Porque queremos ayudarte, querido Xes, porque queremos ayudarte. Venga, vamos al río.

Se despidieron de Xes, quien quedó pensativo. Montaron de nuevo en las bicicletas y arrancaron en dirección al río.

Poco después ya estaban en el puente de Brea, que era el lugar por donde habían pensado comenzar el recorrido. Dejaron las bicicletas juntas, arrimadas a unas zarzas. Cogieron las bolsas con la comida y la bebida, y Cristina y Pedro distribuyeron los itinerarios que cada uno debía seguir.

Dos eran las direcciones que se podían tomar: río abajo y río arriba. Contando las dos orillas en cada dirección, la distribución estaba clara. Así, a Delio le tocó ir río arriba por la orilla derecha; por la izquierda iría Cristina; río abajo por la derecha irían Elisa y Miguel, y por la izquierda, Pedro.

Hecha la distribución, Elisa hizo la pregunta en

la que todos pensaban y que ninguno sabía responder:

—Cristina, yo tengo claro por dónde voy a ir con Miguel, pero ¿qué buscamos?

—No lo sé. ¿Tú qué piensas, Pedro?

—Desde luego, debemos llevar los ojos bien abiertos para ver todas las cosas que pueda haber en el río y nos extrañen, porque si alguien nos puso aquí algo, tiene que destacar mucho, para asegurarse de que lo encontramos.

—Pues ya sabéis, andaremos todos durante una hora en la dirección que nos corresponde, y mirando bien lo que haya en el agua o en la orilla del río. Cuando pase la hora, estemos donde estemos, damos la vuelta y buscaremos en los alrededores del río. Si encontráis a alguien, no le digáis más que lo acordado: vais dando un paseo.

—Pues ya está, andando y buena suerte. Hasta dentro de dos horas, que aquí nos veremos.

Partió cada uno en la dirección que le correspondía. Todos lo hicieron con decisión y conscientes de la responsabilidad que tenían. Si algo había en el río que estuviese relacionado con el misterio de las campanadas de las doce de la noche, no podían dejarlo pasar por alto.

Al principio, quien iba por una orilla veía a quien iba por la orilla opuesta; pero, poco a poco, los ritmos se fueron haciendo diferentes porque unos tenían más dificultades que otros para avanzar a través de la vegetación de las riberas. Cuando llevaban media hora de camino, ya ninguno tenía enfrente a su compañero, que caminaba más adelante o iba retrasado.

Pasaron las dos horas que habían fijado como

tiempo límite para regresar y aún no había aparecido ninguno de vuelta en el puente. No tardó mucho en llegar Pedro, que, cuando contaba con ser de los últimos, se vio sorprendido al ser el primero.

Minutos después apareció Delio y, al poco tiempo, Cristina. Ninguno de ellos traía novedad alguna para contar, porque nada habían visto que pudiese ser una pista para dar solución, o para avanzar en el asunto de las campanadas del reloj. Lo que todos encontraron fueron muchas cosas que resultaban verdaderamente extrañas para estar en un río, y que nada tenían que ver con lo que los ocupaba en aquel momento.

—Nunca he visto tanta porquería junta —dijo Pedro—. Parece mentira que haya todo eso en un lugar que presenta tantas dificultades para andar por él.

—Pues yo, de ahora en adelante, cada vez que tenga que tirar alguna cosa, me lo he de pensar bastante antes de dejarla en cualquier sitio —prometió Delio impresionado por el estado del río.

—¿No os parece que Elisa y Miguel están tardando mucho? —interrumpió Cristina.

—Yo los he perdido de vista al llegar al molino. Y ya no los he oído más. Pero es posible que, al venir algo apartados del río, la vuelta les lleve más tiempo —trató Pedro de tranquilizar a Cristina—. Pronto llegarán.

—A lo mejor encontraron algo interesante, y por eso tardan —habló Delio.

—Vamos a ver si los encontramos, que estoy intranquila.

—Deja, iré yo —se ofreció Pedro—. Vosotros

quedaos aquí por si llegan mientras yo voy. No vayan a llegar y no encuentren a nadie.

Pedro marchó en busca de los dos que faltaban. Cristina y Delio se sentaron en el pretil del puente. Delio insistía en hablar de las muchas cosas que había visto en el río, impresionado por el lamentable estado que presentaba. Hablaba de que había visto plásticos de todos los tipos y colores, especialmente sacos y botellas, papeles, trozos de madera, latas... Le habían hablado tantas veces en el colegio de esto que, ahora que lo veía, se daba verdadera cuenta de lo importante que era. Estaba realmente arrepentido por haber tirado alguna vez cosas. Estaba decidido a emprender una auténtica campaña de limpieza. No permitiría que nadie tirase cosas por ahí sin preocuparse de que esas inconsciencias, a no muy largo plazo, acaban con lo mejor que la naturaleza nos da.

Cristina, que siempre había compartido esta inquietud por mantener limpia y cuidada Eiranova y sus alrededores, ahora no le prestaba mucha atención, porque su preocupación estaba en la tardanza de Miguel y de Elisa.

—No te preocupes más —intentaba tranquilizarla Delio—. Ya verás, tardan porque han encontrado algo interesante, pero aparecerán pronto.

Pasó un buen rato antes de que los dos chicos apareciesen acompañados por Pedro, que traía cara de venir enfadado con ellos. Por el contrario, Miguel y Elisa no aparentaban ningún tipo de preocupación, sino que venían riendo. Cristina corrió hacia ellos y les preguntó angustiada si les había pasado algo.

—A nosotros no nos ha pasado nada —respondió Elisa—, ni hemos encontrado nada que nos llamase la atención. Aquí no hay nada, como no sea que al río vienen a parar todas cuantas porquerías tira la gente, que ya podían tener algo más de cuidado.

—De eso estábamos hablando Cristina y yo cuando Pedro fue a buscaros.

—¿A que no sabéis dónde los encontré? Estaban los dos sentados en un claro del bosque terminando de merendar con toda tranquilidad.

—Pero ¿no habíamos quedado en estar aquí a las dos horas de partir? —les reprochó Cristina, contrariada por la actuación de los chicos.

—Resulta que ninguno de los dos llevaba reloj —comentó Pedro.

—¿Y por qué no lo habéis dicho cuando salimos?

—Porque yo pensé que lo llevaba Elisa.

—Y yo pensaba que lo llevaba Miguel, y hasta que le pregunté la hora no me dijo que lo había dejado en casa. Ya me ha contado Pedro que vosotros tampoco habéis encontrado nada.

—Nada, vámonos —resolvió Cristina echándose a andar hacia donde habían dejado las bicicletas.

Los otros fueron detrás de ella para coger las bicicletas y regresar a Eiranova, algo defraudados por el viaje en balde que acababan de hacer. Se unía a esto el sentimiento de no saber hacia dónde ir ahora en el asunto del reloj de la iglesia.

Cuando llegaron a las zarzas, lo primero que vieron fue que encima del sillín de la bicicleta de Miguel había un sobre blanco. Cristina, que iba delante con Pedro, lo cogió.

—¡Aquí está lo que venimos a buscar al río! —exclamó realmente contenta y algo nerviosa.

—¿Qué es? —preguntó Delio.

—Está en mi bicicleta, y esta vez es para mí —protestó Miguel.

Cristina abría ya el sobre y siguió hablando.

—Todo cuanto esté relacionado con el reloj del campanario es cosa de todos. Lo dejaron en tu bici porque en alguna tenían que dejarlo.

Cristina acabó de abrir el sobre y sacó de él un papel blanco. Lo desdobló y lo puso a la vista de los demás.

Era un laberinto.

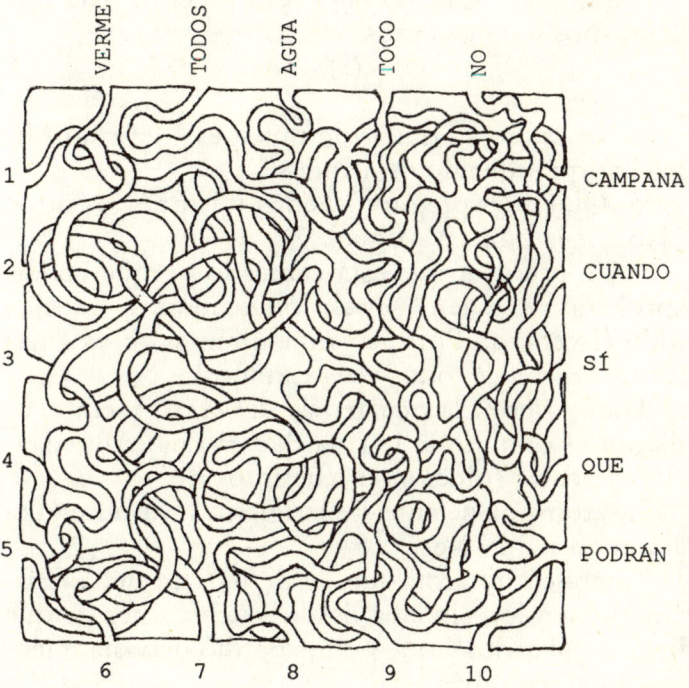

El primero en hablar fue Delio.

—¡Qué bestia, cuántos caminos!

—¡Nunca he visto uno como éste! —exclamó Pedro.

—El que hizo esto no debe de ser de aquí. No hay en Eiranova quien tenga tanta paciencia como para hacer esto —dijo Elisa.

En la cara posterior del papel en el que estaba dibujado el laberinto había un texto escrito a máquina que decía:

SEGUNDO MENSAJE

Habrá más. Tantos como sean precisos para que lleguemos a conocernos.

(?)

—No tengo ya dudas de quién es —afirmó Miguel sorprendiéndolos a todos.

—¿Quién? —preguntó Pedro mientras los otros fijaban sus ojos en Miguel.

—Un profesor que está cabreado porque hemos aprobado y quiere seguir poniéndonos trabajos todo el verano. ¡Porque ya me diréis si no va a dar trabajo recorrer todos esos caminos!

Todos rieron la ocurrencia del chico y emprendieron el camino de la casa de Cristina. Allí tratarían de darle solución al laberinto.

Pasaron por delante de la iglesia y ya no estaba allí el coche de Xes.

Tampoco notaron que desde la Casa del Sacristán alguien los vigilaba desde mucho antes de que llegasen al atrio, y que no los perdió de vista mientras lo atravesaban.

Llegaron a la casa y dejaron las bicicletas en la puerta. Se dirigieron al cuarto de atrás, saludando presurosamente a la madre de Cristina y de Miguel, que estaba planchando en la cocina. Los vio pasar, pero no sabría decir cuántos de tan rápidos como iban.

—¡Caray! Mucha prisa lleváis, muy importante debe de ser lo que vais a tratar —dijo la mujer.

Sentados alrededor de la mesa se pusieron a mirar el laberinto. Parecía verdaderamente lioso. Pero ante la posible aparición de una nueva pista, no iba a ser la solución del laberinto lo que iba a hacerles dudar de sus posibilidades de seguir adelante. Así, después de que todos lo examinaran, Cristina fue la primera en hablar:

—Lo que debemos hacer es ordenar las palabras siguiendo el camino que arranca de cada número.

—Claro —dijo Elisa—, hay que resolver el laberinto yendo de los números a las palabras. ¿No os parece?

—Eso mismo pienso yo —confirmó Cristina.

—A no ser que la pista buscada sea un número —dijo Pedro—. Entonces habría que ir de las palabras a los números.

Quedaron unos segundos pensativos, pero en seguida Delio apoyó la propuesta de Cristina.

—Tiene que ser a partir de los números, porque es la mejor manera de establecer un orden. ¿Por qué palabra empiezas?

—Pues no hablemos más —cortó Miguel. Vamos a hacerlo.

—¿Y quién lo hace? —preguntó Pedro.

—Cada uno hará un número —decidió Cristina—, y después los repasaremos todos. Empiezo yo. A ver, ¿dónde hay un lápiz?

Miguel se volvió hacia una estantería que había en la pared y, de un salto, cogió un lápiz y se lo entregó a su hermana. Cristina apoyó la punta del lápiz en el comienzo del camino que estaba marcado con el número uno, levantó un momento la vista hacia sus compañeros y empezó a recorrerlo con mucho cuidado. Llegó a una palabra y tomó nota de ella en el mismo papel del laberinto.

A continuación, Elisa hizo el camino del número dos, que acababa en medio del laberinto sin llegar a ninguna palabra.

De esta manera fueron haciendo todos los recorridos del laberinto, que, antes de darlos definitivamente por buenos, fueron comprobados debidamente.

—Muy bien. Tenemos una lista de palabras que, siguiendo el orden de los números, forman una frase que tiene sentido —explicó Pedro mirando en el papel las palabras que habían ido escribiendo—. Ahora falta saber si esto es todo.

—A mí me parece que sí, que eso es todo —dijo Delio, aunque no sin ciertas dudas.

—Entonces, ¿para qué tiene las otras palabras y los otros números que no entran en la frase? —preguntó Miguel.

—Para complicar el laberinto y hacer que sea más difícil de resolver. Porque las otras palabras, las que no tienen correspondencia con los números o van a dar unas a las otras, no encajan en la frase —afirmó Cristina dando por finalizada la solución del laberinto.

—De acuerdo, ya tenemos la frase. Ahora hay que interpretarla —habló Pedro.

Quedaron todos pensativos mirando el papel que estaba encima de la mesa. Cuando llevaban así un tiempo, Elisa rompió el silencio y dijo:

—Quiere decirnos que va a tocar a la vista de todos.

—Pues como dé el toque número trece a la vista de todos, ya no tendremos más que buscar —dijo Miguel—. Basta con mirar bien e identificarlo.

—No quiere decir que lo veamos tocar, sino que tocará y que lo estaremos viendo a él, pero no tocando la campana —cortó Cristina la intervención de Miguel—. Por lo menos así lo interpreto yo.

—¡Ya sé! —exclamó Pedro de súbito, y se levantó del asiento—. Xes y los mozos van a hacer esta noche una hoguera en el atrio de la iglesia para asar sardinas. Seguro que a las doce aún estarán allí. Lo que quiere decir que aun así la campana tocará igual, y el que la toca estará delante de nosotros.

—¡Cierto, Pedro! —Cristina asintió a lo que acababa de escuchar—. Tenemos que ir a la hoguera, porque seguramente es uno de los que estará allí. Puede ser cualquier mozo, pero de esa manera ya podremos eliminar a muchos sospechosos: a todos cuantos no estén allí esta noche a las doce.

—Entonces, nosotros también tendremos que estar en la fiesta —dijo Miguel ilusionado con la idea de participar en aquel acontecimiento.

—A mí no me dejarán ir —habló Delio con aire apenado.

—Hay que hacer las cosas bien. Yo iré con Miguel a buscarte —se dirigió Cristina a Elisa—, y después vamos los tres a buscar a Delio. Ya verás como así te dejan venir. ¿Tú no tienes problemas, Pedro?

—No, ninguno.

—Pues entonces quedamos en eso.

Cada uno se fue para su casa. El sol empezaba ya a querer anochecer, aunque todavía podría quedar una hora de claridad.

Cristina y Miguel no tuvieron ningún tipo de impedimento para conseguir el permiso, porque sus padres también tenían previsto acercarse al atrio. Igual ocurría en el caso de Elisa. Los tres fueron a casa de Delio para ver si convencían a sus padres de que lo dejasen ir con los otros chicos. No fue cosa fácil, pero lo consiguieron.

Se dirigieron al atrio, donde Pedro ya les aguardaba. Mucha gente iba también camino de la iglesia, despacio y charlando distraídamente. Unos mozos acarreaban leña para hacer el fuego; otros, cajas de sardinas, de refrescos, barriles de vino y todo cuanto les parecía necesario para su fiesta.

Llegaron los chicos y en seguida se unieron a Pedro. Había que tratar de establecer una estrategia de actuación para aquella noche. Decidieron que al principio andarían por entre la gente para ver quién estaba y quién no. No se trataba de pasar lista, sino de ver el mayor número posible de rostros. Media hora antes de dar las doce, cada uno ocuparía un puesto fijo para ver bien a los que entraban y salían del atrio.

También Xes intentaba controlar la situación y daba instrucciones a los mozos.

—A las doce menos cuarto, tú vas a mirar en los fresnos que hay al lado de la Casa del Sacristán. Que no quede ni una rama por revisar, ¿estamos?

—Descuida —aseguraba el mozo—; como esté allí, puede estar bien seguro de que esta noche no toca.

—Después te quedas allí hasta que el reloj acabe de dar las campanadas. Ahora tú —decía dirigiéndose a otro—, te pones en la entrada del atrio y te fijas bien en quién entra o sale momentos antes de que sean las doce.

Xes seguía dando órdenes rodeado por los mozos y algunos otros menos mozos que querían colaborar en la vigilancia.

Allí estaba El Peón de Ajedrez, hombre de unos cuarenta y tantos años, apodado de esta manera porque torcía la boca al hablar y al comer. Y por eso decían que era igual que un peón de ajedrez, que avanza de frente y come de lado. Le tocó ponerse en la escalera del campanario. Se presentó con él un mozo para acompañarlo, porque en el caso de que, a pesar de la vigilancia, sonasen las trece campanadas, habría que subir corriendo para ver si había alguien en el campanario.

El juez y uno de los mozos se dirigirían a la Casa del Sacristán. El mozo se pondría en la parte de atrás, para que nadie pudiese entrar allí. El juez, después de cerciorarse de que no había nadie dentro, ni arriba ni abajo, quedaría en la puerta vigilando la entrada.

Otros mozos rodearían el atrio, de tal manera que no hubiese lugar desde donde tocar la campana sin ser visto.

Cuando el reloj dio las once, los mozos detuvieron las llamas de la hoguera hasta dejar sólo brasas para asar las sardinas, y sobre ellas colocaron el asador.

Un poco después comenzaban a salir las primeras sardinas asadas, que no tardaron en desaparecer engullidas por los más apurados comensales.

Entre tanto, los chicos pusieron también en práctica su estrategia. Miguel, que había ido a vigilar al grupo que estaba alrededor de Xes, contaba ahora a sus amigos dónde estaba situado cada uno de ellos.

—Muy bien —felicitó Cristina a su hermano—. Entonces vámonos cada uno para su sitio, así cuando ellos ocupen sus puestos ya estaremos nosotros viendo lo que pasa. Ya sabéis que haremos como si estuviésemos jugando o hablando entre nosotros, pero que nadie dé la sensación de que vigila.

Todos asintieron, y Pedro les repitió las instrucciones para que ninguno las olvidase.

—Entonces quedamos en que Elisa y tú vigilaréis la fachada de la iglesia y este lado de aquí, de la derecha. Delio y yo estaremos en la parte de atrás y en la parte de la izquierda. De la Casa del Sacristán me encargo yo solo.

Una vez que estuvieron de acuerdo, y como ya pasaba de las once y media, se fueron cada uno a su sitio.

Antes de situarse en sus puestos, los mozos revisaron también a conciencia cada uno de los lugares encomendados. Leonardo subió al campanario y allí no encontró a nadie. Martelán inspeccionó las ramas de los fresnos una por una. El juez subió con cuidado por la escalera de la Casa del Sacristán y revisó cuidadosamente el piso. Palillo hizo lo mismo en el tejado de la casa. Mientras tanto, los chicos no perdieron de vista a Leonardo, a Luis, a Palillo, al Peón, al juez ni a ninguno de los mozos y mayores que a aquella hora estaban en el atrio o en sus alrededores.

Cuando llegaron las doce de la noche y comenzaron a sonar las campanadas, se hizo un gran silencio. No se notaba que nadie las contase, pero todos lo hacían mentalmente: una, dos, tres, cuatro...

Y tal como el mensaje les había anunciado a los chicos...: doce y ¡¡trece!! El primero en reaccionar entre el murmullo de voces que siguió inmediatamente después del decimotercer toque de campana fue Leonardo. Subió las escaleras del campanario como un cohete. Ni un segundo tardó El Peón en ir tras él. Llegaron al campanario y miraron alrededor. No había nadie. Leonardo miró también por la parte del campanario que había quedado fuera de su ángulo de visión. Dio un paso para avanzar entre las losas de pizarra y resbaló, cayendo por la pendiente del tejado. La gente gritó al unísono, y El Peón saltó como un rayo, se tiró sobre las losas y le echó la mano a la camisa de Leonardo. Quedaron los dos hombres un instante en esa posición mientras se oía aún el grito que habían dado todos los presentes... Consiguieron levantarse sin que El Peón soltase la mano de la camisa de Leonardo. Una vez fuera de peligro, bajaron por las escaleras y salieron fuera de la iglesia. En seguida los rodearon todos. Leonardo le pasó el brazo por los hombros al Peón al mismo tiempo que le decía: «Gracias, hombre». Luego, dirigiéndose al cura y al juez, que estaban juntos, explicó:

—He pisado algo que me ha hecho resbalar, y si no es por El Peón, me mato.

—¡Qué susto me has dado, chico! —dijo el juez.

IV. UN MENSAJE COMPLICADO

CUANDO el reloj tocó las trece campanadas, ya fuese por eso, ya por el peligro que había corrido la vida de Leonardo en el tejado de la iglesia, la reunión decayó. La gente seguía comiendo sardinas, pero ya sin las ganas de conversación ni de fiesta del comienzo. Así, poco tardó en acabar, y la gente se fue retirando a sus casas. Sólo quedaron unos cuantos mozos para los que nunca hay fiesta de más y que nunca se cansan.

Los chicos regresaron en compañía de sus padres. Se les veía algo defraudados por los nulos resultados que había dado la experiencia. Quizá porque habían llegado a pensar que tenían ya en sus manos una explicación del caso y, al tener la oportunidad de vigilar a la gente que estaba en el atrio, habían abrigado la esperanza de descubrir al autor.

Conjugaron todas las posibilidades de identificarlo, pero no había ningún sospechoso. Por un momento supusieron que a Leonardo le había pasado aquello porque había alguien en el campanario que lo había empujado. Pero Pedro habló con él y con El Peón y los dos le confirmaron que no había nadie. Después hablaron de que quizá se hubiese utilizado algún mando a distancia, o extraños artilugios electrónicos, para hacer que la campana sonase. No eran capaces de encontrar otra explicación más razonable.

A la mañana siguiente, y como consecuencia de haberse acostado tan tarde la noche anterior, también se levantaron tarde o, por lo menos, más tarde de lo acostumbrado. Cristina, que siempre había sido la más dormilona, no se había levantado cuando llegaron sus amigos a su casa.

La esperaron, y se entretuvieron hablando del caso. Estaban desesperanzados, y hasta Delio llegó a proponer que lo abandonasen. Decía que cuando el misterioso personaje se cansase de tocar, ya pararía. Sin embargo, los demás no estaban dispuestos a dejar el asunto así por las buenas, aunque tampoco sabían por dónde salir del atolladero.

Cristina apareció en la cocina de su casa para desayunar y, por la ventana, vio a sus amigos. Se habían metido todos en la trasera de la casa y ocupaban el banco serios y pensativos.

Ensimismados, tardaron en darse cuenta de que, allí mismo y enfrente de ellos, prendido con una pinza en la cuerda de tender la ropa, había un sobre. Elisa fue la primera que lo vio. Se levantó sobresaltada, corrió hacia la cuerda, cogió el sobre y volvió a toda prisa a donde estaban sus compañeros.

—¡Mirad lo que hay aquí!

El sobre estaba dirigido a «Cristina», y en el remite había un signo de interrogación dentro de unos paréntesis.

—¡Una nueva pista! —exclamó Delio.

—¿Lo abrimos? —preguntó Miguel con impaciencia.

—El nombre que aparece en el sobre es el de Cristina —advirtió Pedro—. ¿A ti nunca te dijeron que no se debe abrir una carta destinada a otro?

—Pero ya todos sabemos de quién es. Es más, aunque ponga «Cristina», es para todos, ¿o a ti nunca te han dicho que lo que había en el sillín de mi bicicleta, aunque iba dirigido a mí, era para todos?

—Con todo, la carta viene dirigida a Cristina y ella la abrirá. Se la voy a llevar.

Se levantó Pedro para entrar en la casa, y Miguel le hizo un gesto para que se detuviese.

—Espérate. Cristina está en la cocina desayunando y está mi madre también allí. Es mejor que los mayores no se enteren de nuestros asuntos. Pero si tú quieres darle la carta a Cristina delante de mi madre, allá tú. Lo que ella pensará es que ahora os carteáis.

Pedro se había detenido cuando Miguel comenzó a hablar; pero, al oír esta última frase, se sentó dispuesto a esperar. A pesar de la curiosidad que sentía por conocer el contenido del sobre.

Hasta que Cristina llegó, los niños le dieron vueltas y vueltas al sobre de todas las maneras posibles. Habían recuperado el optimismo y volvían a estar interesados en darle solución al misterio de la campanada número trece. De nuevo confiaban en darle solución sin ayuda de nadie.

—¡Mira, Cristina, otro mensaje!

La chica cogió el sobre visiblemente satisfecha de tener nuevos caminos de investigación. Le explicaron que no habían querido abrirlo porque iba dirigido a ella. Les respondió que, en realidad, iba dirigido a todos. Quien los mandaba, si sabía que ella estaba interesada en descubrirlo, entonces también tenía que saber que todos trabajaban en equipo.

Abrió el sobre y sacó varias hojas de papel. Eran cinco fotocopias de una página de un libro. La página 132. El dos estaba rodeado con un círculo, probablemente hecho con un rotulador. Al lado del dos, y también dentro del mismo círculo, había una «a» minúscula. A continuación venía un texto que Cristina leyó en voz alta y que decía así:

13 (2a)

El zorriscajo anduvo refiscado
toda una noche en aquel landafó.
Por la marruleta nada recordó,
y tenía el mismo tiesto rosanado.

Un amigo en aquele marruleta,
vino a verlo y le picó en la fasida.
¡Pasa! —lifó desde dentro con tanida,
y el amigo cabutió en la cufoseta.

El amigo, que era buen carbunajo,
grande y locán, pero ahora amucido,
le dio al zorriscajo un lino tejido
pira que hiciese dos nudos y un tajo.

Lifando que si tiene cuatro distintas,
sería pien rifar la segunda.
Pero cuando fue a relicar la munda,
oirevaes en el fido resilas.

Así, cuando el zorriscajo cameje,
sábado ya un noco saldrá
que debenante y lorjo trerá,
y el zorriscajo sienda lo lateje.

La lectura fue interrumpida varias (?) veces por las risas de los chicos y a cada rato tenía que parar, porque el texto que leía les hacía mucha gracia. Miguel, que cuando había un mensaje nuevo creía intuir por el estilo del mismo quién era el autor, no pudo menos ahora de adjudicarle uno a éste:

—Esto es cosa del Loco de Caslón, porque a nadie que no fuese él se le puede ocurrir una cosa semejante.

—Si no fuese porque El Loco de Caslón no sabe leer ni escribir, tu idea podía valer —dijo Delio riéndose.

Cristina leyó de nuevo el poema. Cuando acabó, le dio la vuelta al papel y por el otro lado, escrito a mano, se leía: «MENSAJE TERCERO – YA FALTA POCO – (?)».

—MUY BIEN, AMIGOS, a trabajar, vamos a descifrar este mensaje, y parece que no va a ser cosa fácil.

—¡Pues a ver quién saca algo de aquí! —dijo Pedro mirando fijamente el papel—. No sé si habrá una docena de palabras que se entienda.

—Es que esto no tiene ningún sentido —habló Elisa con desaliento—. Esto es una locura completa.

—¡Espera! —exclamó—. Me acuerdo de que el

profesor nos habló de algo parecido a esto cuando nos dijo que leyésemos *Alicia en el país de las maravillas* y otro libro titulado algo de Alicia, pero que no llegué a leer. Allí había cosas y nombres así, inventados.

Cristina quedó pensativa después de escuchar a Pedro. Los otros chicos la miraban en espera de lo que decidía hacer. Por fin habló:

—Tienes razón, yo también me acuerdo de eso. He leído los dos libros de Alicia. Lo que haremos es hablar con el profesor de literatura, a ver si nos dice algo válido para descifrar el mensaje.

—Pues vamos al colegio, que aún están allí los profesores. Tienen reuniones todos los días, no sé para qué —dijo Delio.

—Yo sí lo sé —comentó Miguel—. Están preparando la manera de fastidiarnos aún más el próximo curso de lo que nos han fastidiado éste.

—Déjate de tonterías —lo recriminó Pedro—. Venga, cogemos las bicicletas y vamos para allá rápidamente.

—Espera —los detuvo Cristina—. Tenemos que ir a la papelería a ver si nos hacen otra fotocopia del papel para que no se vea este círculo alrededor de la última cifra y de la letra. Así tampoco se verá lo que hay escrito por detrás.

—Tienes razón. Yo voy —dijo Elisa.

—Pues le pides que te hagan una fotocopia del mensaje, y lo doblas así —le explicó Cristina doblando el papel por la parte de arriba de tal manera que no se viesen el número de la página ni la letra «a» al lado del dos.

Mientras los otros fueron a coger las bicicletas,

Miguel fue a buscar la de Elisa para no perder tiempo después.

Volvió Elisa con la fotocopia. Guardaron las otras en el sobre en que venían, y acordaron que fuese Pedro quien hablase con el profesor para evitar cualquier sospecha de lo que estaban llevando a cabo.

Era el profesor hombre barbado, de buena estatura y trato afable. Todos los chicos del colegio lo apreciaban. Se llamaba Odón y era el hombre apropiado para la consulta que le pretendían hacer, por su amor a los libros y por lo enterado que estaba de los clásicos y de las novedades de literatura para niños.

Llegaron los chicos al colegio y en seguida lo encontraron. Les rogó que aguardasen un momento a que acabase de hablar con el padre de un niño. Esperaron un rato. Este tiempo les sirvió para ponerse de acuerdo en lo que Pedro le diría.

Cuando Odón volvió, Pedro le dijo que se acordaba de cuando les había hablado de «Alicia», y que por eso quería preguntarle qué cosa sería aquel poema que le enseñaba.

El profesor cogió el papel y lo leyó con atención. Después le preguntó de dónde lo había sacado.

—Lo hemos encontrado —mintió Pedro—. ¿Qué es?

—Desde luego, se trata de un poema «nonsense». Ya sabéis que quiere decir que, aunque aparentemente parece no tener sentido, en realidad sí lo tiene. Lo que pasa es que no lo conozco y no sé deciros ni el autor ni la obra, si es que pertenece a alguna obra publicada. Ni siquiera sabría decir si

65

se trata de un poema entero o si es un fragmento, aunque yo diría que es la última parte de un poema más largo. ¿Qué más queréis saber?

—Has dicho que, aunque no lo parezca, tiene sentido; pero nosotros no entendemos nada. ¿Cómo se explica eso?

—Por lo general, estos textos «nonsense» responden a un léxico inventado por su autor. Si no se sabe cuál es el significado que le dio a cada palabra, tampoco se puede saber lo que quiere decir. Ahora bien, como veis, hay palabras que pertenecen a nuestro idioma, palabras conocidas, por ahí podremos entrar en el poema.

—Resumiendo —habló Pedro—, parece que se trata de un fragmento de un poema, pero sin sentido para quien no conozca determinadas claves. Para que tenga sentido debemos encontrar esas claves y, si se le da un significado adecuado a cada palabra inventada, podrá entenderse.

—Eso es todo lo que os puedo decir. Si me lo dejáis, puedo intentar buscar algo más, aunque lo veo difícil.

—No, dejémoslo así —dijo Pedro—. Tampoco tiene tanta importancia el cuento. Muchas gracias, Odón.

—De nada, chicos. Siento no poder ayudaros más.

Se despidieron todos del profesor, cogieron las bicicletas y regresaron a casa de Cristina.

Cuando llegaron no se fueron al cuarto de atrás como acostumbraban, sino que se sentaron en un banco que había al otro lado de la calle. Allí daba el sol desde el amanecer y se estaba muy bien.

Antes de hablar del poema y de las dificultades

para interpretarlo, comentaron cuáles eran las tareas que tendrían encomendadas para ese día. Era la única manera de saber el tiempo disponible para dedicárselo a su problema.

—Hay que tratar de interpretarlo hoy —decía Cristina—, porque puede contener algo que mañana no valga. Así que lo mejor va a ser que los que tengáis más tiempo se lo dediquéis entero al mensaje, y los que tengamos algo que hacer en casa, tratemos de hacerlo rápido, así aprovechamos al máximo el tiempo que nos quede.

—Delio, Miguel y yo —dijo Pedro— podemos ir a mi casa y trabajar en mi cuarto. Allí intentaremos escribir el mensaje de varias maneras posibles hasta encontrarle sentido.

—Pues mientras yo hago lo que debo hacer, también pensaré en el asunto. Dejé mi cama sin hacer. ¿Cuando acabe voy a tu casa, Pedro? —preguntó Delio.

—Tan pronto como acabes —le respondió Pedro.

—¿Y cuando acabe yo mis tareas voy con ellos? —preguntó Elisa.

—No —le contestó Cristina—, será mejor que vengas a mi casa, o voy yo a la tuya cuando acabe las mías. Así formaremos dos equipos de trabajo para la mañana, y luego todos nos juntaremos por la tarde.

—Entonces ven tú a mi casa, para que tu madre no sospeche al vernos siempre metidos en el cuarto de atrás.

—Todo aclarado respecto al reparto del trabajo. Pero ¿por dónde empezamos? ¿Qué hacemos con el dichoso poemita? —preguntó Miguel, que se veía impotente para resolverlo.

—Muy fácil —le respondió rápidamente Delio—. Como no tenemos ni idea de lo que debemos hacer, podemos empezar por donde queramos, que en este lío cualquier punto puede ser el principio.

Acordaron una hora para reunirse por la tarde, y se despidieron. Cada uno partió en la dirección que le correspondía: Miguel y Pedro para la casa de Pedro, y los otros, cada uno para la suya.

—PUES NO ESTOY DE ACUERDO en dejar así el cuento —decía el farmacéutico—. Si está usted tan seguro de que alguien toca la campana con algún sistema de control a distancia, intentaremos descubrirlo.

—Escuche, don Ángel. En este asunto hay que hacer lo mismo que se le recomienda a un niño cuando llega a casa diciendo que otro niño le llamó esto o aquello. Siempre se le dice que no haga caso, y cuando el otro vea que no le importa, ya no se lo dirá más.

—¡Hombre! —repuso don Ángel—, yo no digo que vayamos a perseguirlo como si fuese un ladrón, o como si estuviese cometiendo un delito, pero tampoco debemos dejarle hacer lo que quiera y se ría de todos.

—Creo que lo hace para gastarnos una broma, y cuando vea que ya no estamos preocupados, lo dejará. Verá cómo en seguida no nos acordaremos más del reloj y de todo el lío que se quiere montar con esta campanada de más.

—Y nunca sabremos quién fue el que lo hizo, y dentro de un tiempo empezará cada uno a decir que fue él para darse importancia.

—Eso que me dice ya es otra cosa. Entre mis muchos defectos no está el de la curiosidad. Cuando esto acabe, no tendré más interés en saber quién fue que el que tengo por saber cómo se llama quien hizo esta caja —decía el cura mientras cogía de la mesa un envase pequeño de medicamentos.

Se rió el farmacéutico al darse cuenta de que el cura le había puesto al descubierto la causa última de su interés por conocer al autor de la decimotercera campanada: la curiosidad. Se despidieron hasta la siguiente conversación, y Xes salió de la farmacia.

LOS CHICOS LLEVABAN ya bastante tiempo sobre el papel que contenía aquel extraño poema. Le daban una y mil vueltas sin poder revelar el objetivo principal del mensaje. Habían puesto todas las palabras del revés, letra por letra, y no descubrieron nada. Habían hecho lo mismo sílaba por sílaba con el mismo resultado. Habían realizado todas las combinaciones posibles para encontrar algún acróstico, y nada. Escribieron en un papel las palabras cuyo significado conocían, y tampoco.

Las niñas también habían trabajado en el poema, y no obtuvieron más éxito que sus compañeros.

Cuando se reunieron y se comunicaron lo poco que habían conseguido, el desánimo volvió a cundir. Sin embargo, Cristina opinaba que la mañana había sido productiva, porque podían rechazar una serie de posibles soluciones. Como técnica de trabajo, Elisa dijo que cada uno comunicase lo que había hecho para llevar a cabo lo que Cristina decía. Comprobaron que los dos grupos habían hecho, más o menos, las mismas cosas. Habría que buscar otros caminos. Allí deberían encontrar algo interpretable, ya que en los otros mensajes siempre lo había.

Después de permanecer callados un buen rato, el silencio fue nuevamente interrumpido por Elisa. Nerviosa y atropellándose en las palabras, dijo:

—¿Os dais cuenta de que tanto unos como otros nos hemos olvidado por completo de los números?

—¿De qué números? —preguntó Pedro extrañado.

—¡De los que están arriba! ¡Los números y la letra «a»! ¿No os acordáis que el número dos y la «a» están metidos en un círculo?

—¡Cierto! —exclamaron Delio y Miguel a un tiempo.

—Pues hay que pensar en ellos —dijo Cristina—. Es preciso saber su significado.

—Aparentemente, los números son números de página —dijo Pedro—. Esto no significa nada para nosotros, por lo tanto el secreto debe de estar en el dos y en la letra «a» que tiene al lado.

Volvieron a coger cada uno su papel y permanecieron un tiempo ocupados en su observación. La primera en hablar fue Cristina.

—Vamos a escribir todas las segundas palabras de cada verso que tengan al menos una «a».

Hicieron lo que Cristina dijo, pero lo que obtuvieron no los dejó satisfechos.

Después optaron por escribir todas las palabras

que tuviesen una «a» como segunda letra, y tampoco sacaron nada que tuviese algún significado. Por último, y recordando lo que les había dicho Odón, se fijaron en las palabras escritas en castellano, que eran las únicas que podían entender. De entre éstas decidieron escribir en un papel aquellas que tuviesen únicamente dos «as». Y, efectivamente, obtuvieron una frase con sentido. ¡Aquél era el auténtico mensaje!

—Pues si no iba a pasar nada —comentó Miguel—, también pudo dejar la cosa como estaba, y nos ahorrábamos muchísimo trabajo.

—No pasa nada hoy, pero sí que pasará mañana, sábado —le aclaró Pedro.

—Eso es lo que hay que saber. ¿Qué saldrá mañana? —habló Cristina al tiempo en que reflexionaba sobre posibles cosas que saldrían al día siguiente.

—Mañana saldrá el sol —soltó Miguel con aire de descubrimiento.

—Y la luna.

—¿Y qué más? Seguid diciendo cosas que salgan mañana.

—Y el periódico.

—¡Eso es! —exclamó Cristina muy contenta—. ¡Mañana sale *Noticias de Eiranova*! ¡No puede ser otra cosa!

—¿Y por qué no puede ser otro periódico?

—Lleva razón Cristina. Tiene que ser *Noticias de Eiranova* porque ayer acabaron de componerlo, y en otro periódico nadie puede tener la seguridad de que le publiquen lo que él quiere —afirmó Pedro con los ojos fijos en Cristina.

—Éste siempre le da la razón a mi hermana,

aunque diga una tontería —se rió Miguel apartándose un poco de Pedro por si le caía alguna bofetada—. ¡Qué bárbaro, cómo me mira!

Efectivamente, Pedro respondió a la broma de Miguel con una mirada dura, pero no le dijo nada. Después miró a los demás aguardando que le confirmasen lo que acababa de decir. Todos estuvieron de acuerdo en que sería en el periódico que quincenalmente se publicaba en Eiranova donde encontrarían el nuevo mensaje.

NOTICIAS *de Eiranova* era un periódico de doce páginas que, desde no hacía mucho tiempo, publicaba la asociación de vecinos. Traía todas las novedades que se producían a lo largo de las dos últimas semanas, así como avisos de interés general y publicidad del comercio de Eiranova, que de esta manera colaboraba en la financiación del mismo. También era el medio donde algunos vecinos, mayores y pequeños, que tenían afición a ver en letra impresa lo que escribían, publicaban sus artículos, poemas, cuentos..., siempre que su extensión y el espacio disponible lo permitiesen.

Todos los vecinos recibían el periódico, fuesen o no miembros de la asociación. Era frecuente que surgiesen discusiones cuando unos y otros se ponían a hacer suposiciones sobre la personalidad real de los que firmaban los trabajos con seudónimos o con iniciales. Unos decían que era Juan y otros que Perillán, disputa todas las quincenas aplazada y todas las quincenas reanudada.

Hasta el presente, el bisemanario había sido siempre fiel a la cita con los vecinos de Eiranova, saliendo el segundo y el último sábado de cada mes, sin fallar ninguno. Cumplir con esto suponía una disciplina para los encargados de su confección.

En aquella ocasión, *Noticias de Eiranova* era esperado con impaciencia por algunos. Cristina y Miguel en su casa, y Delio, Pedro y Elisa cada uno en la suya, habían preguntado varias veces durante aquella mañana si había llegado. La pregunta no dejaba de extrañar a los mayores, porque tampoco era frecuente tal expectación por el periódico.

Tres mozos hacían el reparto. Habían dividido a los vecinos de Eiranova en tres zonas, así a lo largo de la mañana quedaban entregados todos los periódicos. Por la tarde se hacía en las restantes parroquias del ayuntamiento, en las que había en cada una de ellas un mozo encargado.

Por este sistema llegó a cada casa un ejemplar, que fue leído por los chicos con suma atención. Ninguno dejó una línea sin leer, y ninguno encontró en la primera lectura nada que pudiese ser interpretado como una nueva pista o mensaje del misterioso tocador de la campana.

Cuando Cristina acabó de leer, aún le faltaba a Miguel una parte de la última página. En vista de ello, le dijo a Miguel que se iba a casa de Elisa y cuando acabase que fuese allí. Pero a éste no le satisfacía esta fórmula y se fue con ella, con el periódico en la mano y leyéndolo por la calle.

—Yo ya me he leído todo el periódico y no he encontrado nada que me llamase la atención —explicó Pedro.

—Está claro que debemos buscar el mensaje número cuatro... —afirmó convencido Miguel.

76

—¡Eso es...! —gritó Cristina—. Tiene que estar en la página cuatro. El mensaje número cuatro, en la página cuatro.

Casi no había acabado de hablar, y ya todos estaban mirando la página cuatro. Allí había un trabajo que hablaba de los jabalíes que se habían visto en Campo Viejo, otro sobre el reloj del campanario que venía de la primera página, y tres anuncios.

Todos los ojos estaban fijos en esta página.

Leyeron toda la página en el más absoluto de los silencios, como si ninguno fuese consciente de la presencia de los otros, ni de que todos compartían las mismas ansias. Cada uno estaba sumergido en su propia lectura.

Después de un meticuloso repaso de la página cuatro, seguían sin encontrar nada que les diese una pista más que los acercase al autor de las campanadas de todas las noches.

—Yo nada veo aquí que signifique un nuevo mensaje —dijo Delio, que era el que siempre estaba más cerca del desánimo.

—Pues hay que seguir investigando —insistía Cristina—. Tiene que estar en esta página, porque es una persona que actúa con lógica. Por eso pienso que debe de estar en esta página y no en otra.

—Seguramente tienes razón, pero aquí no se encuentra nada para que nosotros lo interpretemos de forma distinta a como lo haga cualquier otro que lo lea —decía Pedro sin apartar los ojos de la página—. Si por lo menos supiésemos de algún otro indicio que nos ayudase a reconocer el mensaje...

—Además —añadió Delio—, nada está firmado con interrogación, como tenían los otros mensajes.

—A lo mejor tiene el signo en medio del texto, en vez de ir como firma... —aventuró Miguel, aunque con la seguridad de que estaba haciendo una aportación válida.

—Tenéis razón los dos —confirmó Pedro—. Vamos a darle otro repaso, pero ahora buscaremos signos de interrogación.

—¿Otra vez? —protestó Miguel, que ya se hartaba de tanta lectura—. ¡Pronto lo sabré de memoria!

A pesar de las protestas de Miguel, todos los ojos se volvieron a clavar en el contenido de la página cuatro, y todas las bocas quedaron cerradas.

Delio y Elisa fueron los primeros en finalizar la lectura. Levantaron la vista para ponerla en sus compañeros, que seguían leyendo. En sus caras se veía con claridad que su trabajo no había dado frutos. Acabó Miguel y, a continuación, Cristina. Después Pedro dio un grito y comenzó a saltar.

—¡Ya está! ¡Ya lo tengo! ¡Lo encontré!

Los chicos, que estaban sentados en unas grandes piedras que había en el corral de la casa de Elisa, se pusieron en pie.

—¿Dónde? ¿Dónde? —preguntaban a un tiempo.

Pedro le señaló un lugar en la página del periódico.

—¡Aquí! ¡Mirad, aquí está! Lo que pasa es que los signos de interrogación siempre se ponen verticales, y como aquí vienen horizontales, no los veíamos.

—Sí, son signos de interrogación, y hay dos —confirmó Cristina—. Muy bien, Pedro, si no es por ti no los encontramos.

78

Jabalíes
en Campo Viejo de Eiranova

Lo que ya hace tiempo veníamos sospechando, porque había indicios de que nuestro Campo Viejo estaba acogiendo de nuevo a muchos animales que en otro tiempo habían sido sus habitantes, se viene a confirmar ahora con la presencia de jabalíes vistos por muchos de nuestros convecinos, que, de camino a sus labores, pasan por el citado Campo Viejo.

Muchas plantaciones de patatas situadas no muy lejos de las casas de Eiranova fueron «visitadas» en diversas ocasiones por jabalíes, donde dejaron pruebas de su paso.

Esperemos que nuestros convecinos sepan respetar la vida de estos animales, que, después de tantos años de permanecer apartados de nuestro Campo Viejo, vuelven ahora a habitarlo y a convertirlo en lugar de cría.

No sólo está prohibida por la ley la caza de estos animales, sino que todos tenemos la responsabilidad de conservarlos.

X. FREIRE

(Viene de la página 1)

que estuvo a punto de causar la muerte a un convecino nuestro.

Pero ahora, como está claro que la causa de la misteriosa campanada número trece no es ningún tipo de avería, empezamos a no conceder importancia al asunto. Es algo así como una peculiaridad de nuestro reloj que otros no tienen. Ya se oye en la calle gente que dice: «Que toque como quiera, mientras funcione bien».

Debemos acostumbrarnos a que el reloj dé bien todas las horas, salvo a las doce de la noche, que da una campanada de más que significa «¡buenas noches a todos!».

—Muy bien, Pedro, si no llega a ser por ti...
—repitió Miguel haciéndole burla a su hermana.

—¿Sabéis una cosa? —preguntó Delio.

—¿Qué?

—Éste es el mensaje número cuatro, porque el molino hace ya muchos años que no funciona. Y os diré más, todos saben que no funciona; por lo tanto, esto sólo puede ser interpretado como una broma por los vecinos. Le he oído decir muchas veces a mi padre que, cuando alguien habla de dinero, siempre hay otro que le dice, en broma, que le vende un molino. Nadie le va a hacer caso a este anuncio.

—Pues entonces, en la asociación de vecinos tienen que saber quién puso esto —dijo Elisa—. Preguntaremos a alguien que trabaje en la confección del periódico y nos dirá quién fue.

Se hizo un nuevo silencio. Parecía fácil de resolver.

A Cristina le dio pena que hubiese un camino tan corto para llegar a la solución. Ella prefería seguir el juego de las pistas. Pero ella no era la única que pensaba de esa manera, porque los otros también habían quedado detenidos, como si les costase reaccionar. Parecía tan sencillo...

—Bien, ¿qué? Vamos a la asociación ¿sí o no? —preguntó Miguel.

—Vamos —le respondió Cristina después de un rato.

Los cinco comenzaron a caminar hacia la escuela vieja, donde la asociación de vecinos tenía el local y donde se reunían y trabajaban. No estaba lejos y llegaron pronto.

Entraron. Los recibió Celia, secretaria de la asociación. Estaba haciendo montones con los periódicos y los ponía debajo de unos letreros que tenían escrito el nombre de los distintos vecinos del ayuntamiento, para que por la tarde se hiciese el reparto.

—Buenos días, Celia —saludaron los chicos.

—Buenos días. ¿Qué os trae por aquí?

—Queríamos hablar contigo —dijo Pedro, que era primo de Celia.

—Pues empezad cuando queráis. Os escucho igual aunque esté trabajando.

—¿Quién se encarga de los anuncios del periódico?

—¿De cuál? ¿De *Noticias de Eiranova*? —preguntó Celia, y, cuando los chicos asintieron, continuó—. Se encarga cualquiera, ya sabéis que aquí todos hacemos de todo. Pero casi siempre es Dionisio quien los recibe y los confecciona, si es que no se los dan hechos ya, porque a veces no hay que tocarlos para nada.

—Pero, Dionisio ¿no se casó el jueves? —preguntó Cristina.

—Sí. Y aún está de viaje de novios. No vuelve hasta el día diez o quince del mes que viene. Pero cuando se marchó ya estaba el periódico compuesto. ¿Por qué me preguntáis todo esto?

—Por nada —respondió Pedro evasivo—. ¿Y tú no sabes quién pone los anuncios?

—Igual que vosotros. No hay más que leerlos y ya se sabe quién...

—Sí, ¿pero quién los trae para que los pongáis?

—No, eso ya no lo sé. Se los dan a Dionisio en cualquier sitio, en el bar, en la calle, donde lo encuentran.

A los chicos no les disgustó el fracaso de la vía rápida que habían encontrado para dar con el responsable del asunto del reloj.

El viaje de Dionisio los devolvía al punto de partida y tendrían que seguir la pista tal y como decía el mensaje. Esto era señal de que quien tocaba la campana era una persona capaz de detenerse hasta en los más pequeños detalles, para que todo discurriese por los caminos que él marcaba.

—Entonces iremos al molino, como dice el mensaje —dijo Delio por el camino de regreso—. Veremos lo que hay allí, aunque pienso que no va a ser fácil de encontrar.

—Pero ya no podemos ir antes de comer —concluyó Pedro—, y en el mensaje decía por la mañana.

—En eso mismo estaba pensando yo —añadió Cristina.

—Si vamos por la tarde y no encontramos nada, volveremos mañana —resolvió Pedro.

Por el camino encontraron a Xes, que iba para su casa. Estuvieron hablando con él, pero ya no hablaron del tema de la misteriosa campanada del nuevo reloj de la iglesia.

Los chicos se despidieron para ir a comer y quedaron en verse por la tarde, a las cuatro. Todos deberían llevar las bicicletas, para ir en busca de la continuación de las pistas. Con toda seguridad, los llevarían al descubrimiento del autor, o por lo menos esto era lo que ellos pensaban.

El hecho de que en la conversación con Xes no se hablase de la campanada del reloj demostraba que estaban solos en la búsqueda de una solución del misterio. Habían pensado en seguir adelante, sin que les restase ánimos la indiferencia de la gente ante el suceso. Para ellos era una cuestión de amor propio y un reto que les lanzaba el autor a través de las pistas que les iba dando.

Como habían acordado, por la tarde se reunieron en el atrio de la iglesia para ir al molino en busca de la pista.

No era fácil llegar al molino, porque las orillas del río estaban totalmente cubiertas de vegetación, y dificultaba su marcha. Como no hacía muchos días que habían andado por allí, Pedro iba delante y les indicaba los mejores lugares para avanzar, pues la otra vez le había tocado a él aquella ribera.

Se acercaban y se alejaban sucesivamente de la orilla del río obedeciendo las instrucciones de Pedro, a quien seguía Cristina. A continuación iban Delio y Elisa, y detrás de todos marchaba Miguel, que, como siempre, protestaba por las dificultades de cada nuevo mensaje. Después de andar una hora, llegaron al molino. Dieron una vuelta a su alrededor por si había algo por allí, pero no encontraron nada. Entraron en el molino y estuvieron un tiempo mirando desde la puerta los lugares iluminados por la luz que venía de afuera. Tampoco hallaron nada que les llamase la atención.

Como en la primera inspección no habían encontrado nada, era el momento de arriesgarse algo más y tratar de buscar en los lugares oscuros. Para eso, Delio, previsor, traía una potente linterna de pilas que le pasó a Pedro, que por ser el mayor se encargaba de subir a los lugares altos e inspeccionarlos debidamente. Con la linterna en la mano, Pedro tardó poco en desaparecer por la escalera del molino. Los demás permanecían todos juntos y en silencio, pendientes del resplandor que la luz de la linterna despedía desde el interior del molino.

Pasó un tiempo, que a los chicos les pareció muy largo, y, de repente, se escuchó un leve ruido seguido de otro más fuerte y, a continuación, un grito de Pedro. Los cuatro chicos, en un impulso irrefrenable, huyeron fuera del molino.

—¿Qué ha sido eso? —preguntó Delio asustado.

—No sé —respondió Cristina—, pero hay que ir adentro porque Pedro ha gritado y puede que le esté pasando algo.

—Yo no entro —dijo Miguel con mucha resolución y mucho más miedo.

—Vamos a entrar todos y ahora mismo. Si algo le pasa a Pedro, nosotros debemos ayudarle porque todos estamos metidos juntos en esto, y todos tenemos la obligación de procurar que a nadie le pase nada malo. Además, si hay que ayudarle, cuantos más seamos, mejor —dijo enérgica Cristina con gestos inequívocos de hacer cumplir sus órdenes sin admitir dudas.

—No, Cristina —corrigió Delio—, es mejor que Miguel se quede fuera. Si nos pasa algo a nosotros, él irá a Eiranova para pedir ayuda.

—Tienes razón. Pero, venga, vamos adentro, y tú quédate aquí. Si notas que nos pasa algo, vas a Eiranova y avisas a alguien, pero no se lo digas a todos. Por ejemplo, mejor se lo dices a papá. Venga, vamos a ver qué le ha pasado a Pedro.

Entraron en el molino muy despacio. No se oía nada, pero seguía viéndose el resplandor de la linterna de Pedro. Delio le dio en el codo a Cristina y le hizo gestos señalándole la luz. Cristina asintió con la cabeza y comenzó a andar, sin hacer ruido,

en dirección hacia el lugar en donde se veía brillar la luz. Los otros dos chicos la seguían en silencio. Comenzaron a subir la escalera buscando cada peldaño con las manos antes de poner los pies en él. Tenían la vista fija en el resplandor que la linterna emitía. Comenzaron a oír un ruido de pasos. Cristina, Elisa y Delio se quedaron inmóviles. No se atrevían a respirar por miedo a que alguien los pudiese oír. El ruido era muy bajo pero continuo, y avanzaba hacia las escaleras. Los chicos querían mirarse unos a otros, pero la oscuridad no permitió que sus miradas fueran percibidas. De repente, el resplandor se hizo más patente y penetró por el hueco que daba a las escaleras donde los tres niños permanecían con las manos y los pies apoyados en los peldaños. En lo alto se dibujó una figura humana de la que sólo se percibía su silueta.

Entonces oyeron una voz que, muy bajo, decía:

—Cristina, ¿dónde estáis?

Era la voz de Pedro. Luego también reconocieron la figura dibujada en lo alto de la escalera: era también la de Pedro.

—Pedro —habló Cristina—, ¿estás bien?

—Sí, sí. Estoy bien. ¿Y vosotros?

—También.

Pedro avanzó hacia ellos. Poco después estaban todos juntos en la escalera. Ahora se veían perfectamente gracias a la luz de la linterna.

—¿Qué ha pasado? ¿Por qué has dado un grito? —preguntó Delio.

—Cuando pasaba de un cuarto a otro de los que hay arriba, un ratón ha cruzado corriendo por entre mis pies. Me ha asustado, y al saltar he tropezado y me he caído. Por eso he gritado.

—Pues nosotros —le contó Elisa— también nos hemos asustado y hemos salido afuera, pensando que alguien te había apresado. Ahora veníamos a ver qué te había pasado. Por cierto, cuando has aparecido, a mí me has dado otro susto de muerte.

—Y a mí —añadió Delio.

—A mí también —confirmó Cristina—. Venga, vámonos afuera, que Miguel estará ya pensando que nos han atrapado a todos.

Salieron los cuatro, pero no vieron a Miguel, quien, en cuclillas detrás de unos sauces, vigilaba la puerta del molino. Cuando los vio salir, aún permaneció un instante escondido, y sin hacer ruido, por si algo raro ocurría.

—¡Miguel! —gritó Cristina—. Ven, que no pasa nada.

Entonces, Miguel salió de su escondrijo y corrió hacia donde estaban sus amigos.

Pedro les explicó que arriba no había encontrado una pista o un mensaje. Sólo el ratón que le había dado el susto.

—Bien —dijo Cristina—. Esto nos pasa porque hemos venido cuando no teníamos que venir. Volveremos mañana por la mañana, como dice el mensaje cuarto.

Emprendieron el camino de regreso comentando qué harían al día siguiente.

Por la tarde no pudieron verse inmediatamente después de comer, hubieron de hacerlo alrededor de las cuatro, porque ahora era Pedro el que tenía que ayudar a su madre. Cristina tuvo que ir a un recado que le encargó su padre y a Miguel le tocaba ayudar a fregar los platos.

VI. GARABATOS

A la mañana siguiente emprendieron el camino del río. Dejaron en el puente las bicicletas, tal como habían hecho el día anterior y aquel primer día que habían bajado al río en busca de una pista que les aclarase lo que aún estaban empezando.

Se dirigieron al molino. Pedro llevaba la linterna en la mano, dispuesto a explorar el piso superior del molino, pero ya no le hizo falta, porque cuando aún no habían dado dos pasos dentro del molino vieron una escalera de mano apoyada en una viga, que la tarde anterior no estaba allí. Se miraron unos a otros, pero sin pronunciar ni una sola palabra. Pedro se acercó a la escalera y comenzó a subir. Cuando le faltaban cuatro peldaños encendió la linterna e iluminó la viga. La fue recorriendo con la luz de un lado a otro y, finalmente, la detuvo en un punto situado enfrente de donde él estaba.

—Aquí hay algo.

—¿Qué es? —le preguntaron desde abajo.

—Un papel que está metido en una hendidura de la viga. No voy a ser capaz de sacarlo sin que se me rompa.

—Baja y déjame ver a mí —dijo Cristina.

Subió la niña por la escalera hasta llegar al lugar señalado. Tampoco fue capaz de arrancar el papel de la hendidura.

Lo intentaron los otros, pero ninguno tuvo éxito. De repente, Miguel sacó una navaja del bolsillo del pantalón, la abrió y subió por la escalera. Comenzó a labrar en la rendija hasta que la agrandó suficientemente como para poder quitar el papel sin que se rompiese. Bajó con él en la mano sin desdoblarlo. Luego lo abrió, lo miró y se lo dio a Cristina.

—¡Arrea! ¡Ahora escribe en chino! —gritó la chica.

Alrededor de Cristina todos miraban el papel en silencio.

—¿Qué será eso? —preguntó Delio.

—No lo sabemos, pero habrá que descifrarlo como hemos hecho con los otros —respondió Pedro a la pregunta de su amigo.

—Vámonos de aquí —ordenó Cristina—. Ya hemos encontrado el mensaje que veníamos a buscar. Aquí no hacemos nada. El trabajo hay que hacerlo en casa. Ya le haremos hablar al papelito éste.

Se echaron a andar por la orilla del río. En el puente cogieron las bicicletas y regresaron a Eiranova. Pasaron por el atrio de la iglesia en donde vieron el coche de Xes, pero no se detuvieron. Para ellos todavía tenía mucho interés el asunto del reloj, y para el cura lo había perdido del todo.

Cuando llegaron a casa de Miguel y Cristina, dejaron las bicicletas en la puerta y fueron directamente al cuarto de atrás. Cristina desdobló nueva-

Si quieres conocer el texto de este mensaje, pon un papel blanco sobre esta página, copia el mensaje pasando un lápiz por encima de cada signo. Corta luego la copia en cuatro tiras y, componiéndolas como se dice en la página 95, podrás leerlo.

mente el papel y lo puso en el centro de la mesa. Todos lo miraron sin hablar.

El primero en romper aquel silencio fue Pedro.

—Está visto que mirando el papel no vamos a solucionar nada. Será mejor que cada uno diga cómo cree descifrarlo.

—Pues lo primero es verlo bien —replicó Elisa.

Cristina cogió el papel y se apartó de los demás. Lo puso mirando hacia ellos, delante de su rostro:

—¿Os dice algo, visto así de lejos?

—A mí, lo mismo que de cerca, garabatos —resolvió Miguel.

—Yo diría que son letras —habló Elisa pensando en alto—. ¿A vosotros no os parecen letras incompletas?

—Por eso lo puse lejos de vosotros —comentó Cristina pegando el papel en un cristal de la ventana mientras se apartaba para mirar—. Yo también pienso que son letras a las que les falta algo.

—Luego, una manera de resolver eso sería tratar de completarlas —aportó Delio—. Coged un lápiz, y vamos haciendo rayas en cada uno de los signos hasta que parezcan verdaderas letras.

—Esperad —cortó Pedro—. Será mejor copiarlo, porque si le hacemos más rayas después no sabremos cuáles tenía el papel y cuáles hemos hecho nosotros.

Todos estuvieron de acuerdo en hacer una copia del mensaje. Pedro cogió un folio en blanco y un lápiz, puso el folio encima del mensaje, lo apoyó en un cristal de la ventana e hizo una copia exacta del original. Imitaron todos lo que Pedro acababa de hacer y en seguida tuvieron cada uno su copia en la que poder trabajar.

El trabajo consistió, tal y como había dicho Delio, en tratar de completar cada signo hasta que tuviese la forma de una letra mayúscula. Trabajaron durante mucho tiempo. Siempre con grandes carcajadas, porque los textos que salían resultaban muy graciosos. Pero ninguno de ellos tenía suficiente sentido como para ser considerado pista válida y avanzar en la resolución del caso.

Cristina había llenado su copia de rayas y tachones, y no podía ya trabajar en ella sin hacerse un lío tremendo. Cogió otro folio y copió de nuevo el mensaje. Reprodujo la primera línea de signos, pero los brazos se le cansaban de tanto sostener los folios, así que disminuyó la presión que hacía con la mano izquierda y dejó caer el brazo derecho a lo largo del cuerpo para descansar. Con este movimiento, uno de los folios resbaló sobre la superficie del otro y la primera línea de la copia quedó superpuesta sobre la segunda del mensaje original.

Cuando Cristina iba a emprender de nuevo el trabajo de copiar los signos, quedó un instante, menos de un segundo, mirando los dos folios tal como habían quedado. Inmediatamente corrigió su posición hasta hacer coincidir plenamente la primera línea de la copia y la segunda del original.

Cogió los papeles con la mano y, con un grito, llamó a sus amigos como si estuviesen muy lejos, aunque se encontraban a menos de un metro de ella.

—¡Mirad, mirad! ¡Mirad lo que he encontrado aquí!

Se precipitaron todos hacia donde ella estaba para preguntarle qué quería decir y qué era lo que había que hacer...

—Fijaos. Si la primera línea del folio que he copiado la pongo encima de la segunda línea del mensaje que encontramos en el molino, se lee perfectamente.

—¡Eso es! ¡Eso es! —dijo Elisa nerviosa con el hallazgo.

—Hay que cortar la copia en tiras y poner la segunda tira encima de la primera. Y lo mismo con las otras dos, y ya está —concluyó Pedro.

Miguel trajo unas tijeras con las que cortaron la copia en cuatro tiras. Cada una contenía una línea de signos del mensaje quinto. Pusieron las dos primeras una encima de la otra y pudieron leer la primera frase. Hicieron igual con las otras dos líneas y leyeron la segunda frase completa.

—Ya tenemos el asunto resuelto —dijo muy contenta Cristina—. Éste es el último mensaje y hoy conoceremos a nuestro personaje. No sé cómo, pero tengo la seguridad de que se nos presentará.

Ninguno sabía qué decir en medio de aquella mezcla de ansias por conocer el desenlace y el miedo de ponerse delante de la persona.

Cuando lograron serenarse un poco, Pedro se dirigió a los otros chicos y les preguntó:

—¿En qué farol? Porque hay muchos...

Hacía algo más de un mes que se había inaugurado un alumbrado nuevo en todos los pueblos del ayuntamiento. En Eiranova habían colocado uno cada veinte o treinta metros. Y todas las calles estaban iluminadas con faroles que colgaban de un brazo sujeto a las paredes de los edificios. Muchos estaban colocados encima de puertas o ventanas de las casas.

—A las seis en punto —explicó Cristina— iremos por todas las calles fijándonos bien en lo que haya debajo de los faroles. Nos dividiremos en dos grupos, y el que encuentre algo avisa.

—¿Y cómo hacemos los grupos? —preguntó Miguel.

—Elisa, Pedro y yo iremos por la zona de la iglesia; Delio y tú, por la otra zona —respondió Cristina.

—Ya sabía yo que los grupos iban a ser más o menos así —dijo Miguel con picardía.

—¿Y no sería mejor ir un poco antes de la hora? —preguntó Delio.

—No —respondió Cristina—. No podemos llegar antes de la hora. Nos arriesgamos a que no esté la persona que nos cita. Estoy segura de que no se irá, aunque tenga que esperar nuestra llegada, porque se dará cuenta de que andaremos buscándolo en los otros faroles.

—Ya me estoy poniendo nervioso —comentó Miguel—. ¡Cuánto tarda en llegar la hora!

En ese momento se escuchó la voz de la madre de Delio que le llamaba para que fuese a comer. Esto les hizo reflexionar a todos y darse cuenta de la hora que era. La interpretación de los signos del mensaje, y la emoción de ver que se acercaba el final, les había hecho perder la noción del tiempo y no se percataron de que ya era muy tarde. Se despidieron y quedaron en verse a las cinco delante de la casa de Elisa, la más indicada para iniciar el recorrido por estar situada donde comenzaba el nuevo alumbrado de Eiranova.

Ninguno de ellos comió aquel día con mucho apetito. Tenían todos un mismo pensamiento, que se revolvía en un montón de preguntas agolpadas en sus cabezas. ¿Quién será? ¿Por qué lo hacía? ¿Por qué les mandaba mensajes? ¿Por qué les descubría su secreto?

Debían de faltar aún unos veinte minutos para la hora de la cita, cuando ya estaban todos delante de la casa de Elisa. Querían hablar de otras cosas distintas a las que pensaban, pero no podían. La conversación se les deslizaba continuamente hacia el mismo tema: la persona que los había citado.

—Oye, ¿y si intentamos adivinar quién es? —preguntaba Delio—. Sólo por ver quién acierta, ¿eh?

—No tengo ni idea de quién puede ser —respondió Pedro.

—¿No me iréis a decir que no se os pasó por la cabeza más de una y más de dos personas de Eiranova? —insistía Delio.

—Sí —respondió Cristina—. Pero cuando lo razonaba un poco encontraba algo por lo que no podía ser la persona en que yo pensaba. Y al contrario, también sospechaba de cualquiera de los habitantes de Eiranova.

—Tú ya dijiste el otro día que, en principio, desconfiabas de todos —le dijo Miguel a su hermana.

Así pasó el tiempo y llegaron las seis de la tarde, hora acordada, tal y como el mensaje indicaba, para empezar a recorrer Eiranova calle por calle y farol por farol.

Repartidos en dos grupos, comenzaron a caminar por las aceras de la carretera que cruza Eiranova. Los primeros en apartarse fueron Delio y Miguel, que en la primera bocacalle se metieron hacia la parte baja de la villa. Andaban despacio, se detenían en todos los faroles y miraban alrededor de ellos.

Unos metros más adelante, pero por la acera de enfrente, Cristina y Pedro, seguidos por Elisa, que iba un poco más atrás, también abandonaron la carretera y subieron por el camino de la iglesia, calle que terminaba en el atrio. Como no encontraron nada, dieron la vuelta y siguieron entre las casas que quedaban a la derecha de la iglesia, porque por la parte izquierda no había más casas que aquellas que estaban al borde mismo de la acequia de Eiranova. No dejaron de mirar ningún farol, y también miraron en portales y ventanas situados debajo de los faroles.

De repente, Pedro se detuvo. Giró hacia sus dos amigas. Las miró fijamente en silencio y les dijo:

—¿Y por qué nos empeñamos en buscar a una persona? ¿Por qué no puede ser otro mensaje lo que nos espera?

Elisa y Cristina se miraron y después miraron a Pedro.

—Es posible —le dijo Cristina—. Pero yo interpreto que es una cita, aunque no sabría decirte muy bien por qué. Tal vez por el tono del mensaje.

—Desde el mismo momento en que desciframos aquellos signos, todos pensamos en el final, y entonces no puede haber otro final que no sea el de encontrar al autor de las campanadas —quiso Elisa convencer a Pedro—. Puede aparecer otro mensaje, cierto, pero será por fuerza uno que nos lleve a encontrar a... a quien sea.

—Sigamos a ver qué pasa —aceptó Pedro—. Podéis tener razón.

Siguieron andando entre las casas, recorrieron

todos los faroles de la zona que les había tocado, pero no encontraron nada. Dieron la vuelta para volver por el camino de la iglesia y bajar a la carretera. Nada más llegar, vieron a Miguel y a Delio que estaban sentados en el suelo con el rostro serio. Se hicieron un gesto de negación.

Prosiguieron el recorrido juntos por el trecho de carretera que les quedaba por revisar. La cruzaban cada vez que inspeccionaban un farol en una de las aceras para luego ir al correspondiente de la acera de enfrente.

Quedaban pocos faroles, y el desánimo empezaba a notárseles. Dudaban de haber interpretado correctamente el mensaje. Cristina caminaba delante de todos. Cruzó la carretera para ver si había algo de interés en un farol, y se detuvo. Los otros chicos no repararon en la parada hasta que llegaron a su lado. Entonces la miraron y ella apuntó con el dedo hacia el farol que tenía delante.

—¡Mirad!

Levantaron la vista y vieron que en el brazo del farol había un papel pegado.

—¡Otro mensaje! —exclamó Pedro.

—Hay que cogerlo. ¿Quién sube ahí? —apuntó Miguel.

—Tú —le respondió Pedro—. Pero cuidado que no nos vea nadie.

—Dos cosas bien fáciles: que suba yo, precisamente el más pequeño de todos, y que no me vea nadie trepar por una pared en el centro de Eiranova. Amigo, tú no estás bien del coco.

—Escucha —insistió Pedro—. Tú te subes encima de mis hombros y coges el papel sin hacer ningún aspaviento de más. Todos pensarán que es

un juego entre nosotros, y no harán caso. A no ser
que, cuando lo cojas, te pongas a gritar cualquiera
de esas cosas que sólo a ti se te ocurren.

Lo hicieron como Pedro dijo. Miguel cogió el
papel y nadie reparó en él. Bajó y se lo enseñó a
los demás. El papel tenía un texto más corto de lo
que solían tener los mensajes anteriores. Pero no
ofrecía dudas su autoría, porque decía así:

```
¡¡ENTRAD!!

(?)
```

Los chicos se miraron unos a otros y después
volvieron la vista hacia la casa en cuya pared estaba
colocado el farol. Por la ventana de la planta baja
veían el comedor de la casa. En él había una mesa
rectangular cubierta con un mantel blanco, y en la
cabecera, tres bandejas: una con refrescos, otra con
fiambres y una tercera con pastas y galletas. En el
centro, un florero con flores, y apoyado en él, un
cartón que tenía dibujado un gran signo de interrogación dentro de unos paréntesis.

Desde la ventana también podían ver unos pies
calzados con unas zapatillas livianas. Los vidrios
no dejaban meter la cabeza dentro, así que no era
posible ver más.

100

VII. UNA LARGA CONVERSACIÓN DURANTE LA MERIENDA

*L*OS chicos se apartaron de la ventana lo suficiente como para no ser vistos ni escuchados desde dentro.

—Ya suponéis quién es, ¿no? —se dirigió Cristina a sus amigos.

Todos asintieron con la cabeza. Luego permanecieron en el mismo lugar, quietos, sin hacer el más leve movimiento para avanzar hacia la puerta. Así estuvieron un tiempo sin atreverse a pronunciar palabra. Por fin, Miguel se decidió a decir algo:

—¿Vamos a entrar ahí? Yo nunca he entrado, ¿y vosotros?

Todos negaron con la cabeza. Otro silencio largo, sólo interrumpido por el ruido de la gente que, ajena a todo, iba y venía por las calles.

—Aunque nunca hayamos entrado, alguna vez tiene que ser la primera —dijo Pedro decidido—. Vamos a entrar.

—Sí, eso es cierto —añadió Cristina—. Hay que entrar, aunque yo confieso que me impone respeto, pero necesitamos ir hasta el final, para eso estamos aquí. Él nos espera.

—Aunque sea una persona respetable, él tiene más que explicarnos a nosotros que nosotros a él —aclaró Elisa—. Nosotros no hemos hecho nada, y él sí.

—Siempre hay que estar entrando en sitios que le ponen a uno piel de gallina desplumada —habló enrabietado Delio por la idea de entrar en una casa desconocida donde alguien los esperaba—. ¿Por qué no entra Cristina sola y luego nos lo cuenta?

—De eso nada —cortó Cristina—. O vamos todos o no va nadie. Si queréis, nos marchamos y en paz. Pero yo soy partidaria de llegar hasta donde haya que llegar, y es más, tenemos el derecho de pedir explicaciones de lo que hace. Tanto si es él como si es Perico de los palotes.

—Tienes razón, Cristina —apoyó Delio, arrepentido por lo que había dicho antes—. Yo también estoy decidido a entrar.

—¿Todos de acuerdo, entonces? —preguntó Cristina pasando la vista de unos a otros sucesivamente—. ¿Entramos?

—Entramos —afirmó rotundo Pedro.

—Por mí, vamos —dijo Miguel, menos convencido.

—Entramos —confirmó Elisa.

A pesar de la firmeza con que manifestaron su decisión, ninguno se movió del lugar que ocupaba. Estaban apoyados en la pared y miraban hacia el suelo, como para no verse. Por fin Cristina dijo decidida:

—Pues venga, vamos allá.

Uno por uno fueron despegándose de la pared y echaron a andar hacia la puerta detrás de Cristina. Pasaron de nuevo por delante de la ventana y vieron otra vez la mesa puesta y el cartón con el signo de interrogación encima. Para ellos, esto tenía un cierto aire de amenaza y tenían aún más miedo ante la situación creada.

Cristina empujó la puerta, que se abrió con suavidad. Al mismo tiempo escucharon un leve tintineo de una campanilla situada estratégicamente. Colgaba del techo y, al abrir, golpeaba la puerta y producía el sonido que delataba si alguien entraba. Era el término medio entre el timbre de la puerta cerrada de muchas casas, que impide que se pueda acceder a su interior, y la puerta franca de otras, por la que cualquiera entra.

Desde el interior les llegó una voz. Por lo que decía, iba dirigida a ellos:

—Entrad, chicos, entrad.

Estaba claro que alguien los esperaba. Pasaron adelante y se dirigieron hacia el lugar desde donde venía la voz. Una sala a mano izquierda del pasillo, seguramente la misma que se veía por la ventana.

Cristina iba delante y andaba como si caminase de puntillas, como si temiese hacer ruido. Casi a su altura, pero medio paso detrás, iba Pedro, que parecía andar con algo más de firmeza, ya verdadera, ya aparente. Y más atrás los seguían Elisa, Miguel y Delio, con los ojos fijos en los pies.

Entraron en el comedor y dirigieron la mirada hacia el sofá donde estaba sentado el hombre que les había hablado. Vestía un pantalón azul, una camisa blanca y una chaqueta de punto de color azul marino. A su lado, apoyado en uno de los brazos del sofá, estaba su extraño bastón de raíz de roble, todo retorcido, salvo las dos puntas rectas. El hombre los miraba con una sonrisa que desprendía amabilidad. En su cara, no muy arrugada, brillaban con especial simpatía unos ojos azules, vivos, a pesar de su edad.

—Buenas tardes —dijeron los chicos con voz temblorosa.

—Buenas tardes tengamos todos —respondió el hombre—. Ya era hora de que nos conociésemos, aunque yo ya sabía de vosotros. Sentaos, haced el favor.

Ninguno se movió en busca de las sillas, sino que sigúieron allí de pie, con la vista fija en el hombre, sin pestañear, y, casi, sin respirar. Tenían delante a la persona más insospechada que pudiese ser el autor de la extraordinaria campanada número trece. Allí estaba quien tanto les había hecho desesperar, mirándolos con simpatía para ganarse la confianza de los chicos. Allí estaba ni más ni menos que el juez. Porque ése era el hombre, el juez. Así llamado porque ése había sido su oficio hasta la jubilación.

—Si lográis sobreponeros a la sorpresa, mejor sería que os sentaseis a la mesa. Ahí de pie os vais a cansar, porque supongo que esta tarde tendremos una larga conversación. ¿No es así?

Los chicos se fueron acomodando alrededor de la mesa, más por obediencia que por ganas. Se situaron de tal manera que la cabecera que estaba más cerca del juez quedó libre. Se levantó éste de su asiento, se dirigió a la mesa, cogió el florero y el cartel y los puso encima de un mueble pequeño que había en un rincón del comedor. Después se sentó él en la silla de la cabecera libre.

—Le pedí a mi hermana que preparase algo de merienda para seis personas. Así podremos hablar

mientras comemos. Saber darle la justa interpretación a cada mensaje fue lo que os trajo aquí, así
que tendréis muchas preguntas que hacerme. Podemos comenzar cuando queráis. Yo estoy dispuesto a daros también justa y verdadera respuesta
a cada una de ellas.

Ningún chico se atrevía a hablar, y mucho menos a hacer pregunta alguna. Nadie quería ser el
primero, aunque las preguntas se amontonaban en
sus cabezas.

—Seguro que la primera pregunta que se os
ocurre es la de si fui yo quien tocaba la campana
todas las noches y por qué lo hice. Así que os voy
a ahorrar el trabajo de hacérmela y tratar de expli-
caros por qué. Dando por supuesto que sí, que fui
yo el autor de la campanada número trece, ése al
que con tanto ahínco andabais buscando.

Los chicos continuaban en silencio, mirando fijamente al juez, pero sin hacer ningún movimiento,
como si estuviesen petrificados.

—Cuando hablaron de poner un reloj en el campanario de la iglesia —prosiguió el hombre—, per-
sonalmente no me parecía una buena idea, porque
ahora para mí todas las horas son iguales. No me
hace falta más reloj que el del estómago y el del
sueño, que son las dos únicas necesidades que, en
mi vida presente, tienen hora más o menos fija.
Pero aunque los viejos muchas veces podamos pa-
recer egoístas en estas pequeñas cosas, no lo so-
mos. Yo sabía que era un bien para todos. Poco
importaba que a mí me pareciese algo más molesto
que útil. Así se lo manifesté al presidente de la asociación de vecinos, y él así lo entendió, o dijo que
lo entendía. El asunto del reloj fue para adelante

con mi voto en contra. Di ese voto porque estaba seguro de que no afectaría al resultado final. De otra manera hubiera votado afirmativamente para que se instalase. De esta forma habría reloj en Eiranova y yo quedaba satisfecho.

El viejo calló un instante y miró a los chicos, que seguían en silencio e inmóviles.

—No habrá más explicaciones si no coméis, que para eso mandé preparar la merienda. ¿No creeréis que voy a comer yo solo?

Sonrieron los chicos y, tímidamente, comenzaron a llevarse algunos alimentos a la boca y a echar en los vasos los refrescos.

—¿Entonces armó usted todo ese lío de la campanada de más para mostrar su descontento? —se atrevió a preguntar Pedro tímidamente.

—No exactamente. No estaba descontento con que pusiesen el reloj, si esto era bueno para la gente. Prefería que no lo pusiesen, que es cosa distinta. De la misma manera que me molesta la lluvia y preferiría que no lloviese, pero nada haría para impedirlo, porque la lluvia es necesaria. Ni tampoco hice una protesta pública, porque ya había mostrado cuál era mi opinión. Utilizando el mismo ejemplo de antes, cuando digo que no me gusta la lluvia, ya estoy manifestando mi opinión, pero no hago nada más.

»Y no tenía pensado hacer nada en contra de la colocación del reloj. Se me ocurrió cuando noté que la gente hablaba de si se oiría en tal sitio o en tal otro. A mí todos me tienen por un hombre serio, pero en el peor sentido de la palabra; quieren decir que soy un hombre seco, poco afable y antipático. Y no me tengo por tal; los que me tratan me tienen por lo contrario. El caso fue que aquella noche pasé por el atrio dando un paseo, como todas las noches, para que me venga el cansancio que me haga dormir, aunque sea a ratos. Y el reloj comenzaba a dar la primera campanada de las doce. En el mismo momento se me ocurrió y lo hice. Cogí del suelo una piedra de tamaño regular, fui contando las campanadas para hacerme con el ritmo de las mismas y, cuando tocó la última, lancé la piedra con fuerza contra la campana. Acerté. Desde muy pequeño tengo muy buena puntería con las piedras. Así fue como sonó la campanada número trece. Me eché a reír yo solo, porque inmediatamente me imaginé la cara que pondrían las personas que estuviesen contando las campanadas.

—Una de esas personas era yo —comentó Cristina sonriéndole por primera vez—. Pero ¿y las demás noches?

—Eso ya es distinto. Lo descubrí cuando tuve que ir a la farmacia a buscar un medicamento para mi arteriosclerosis. Ángel me dijo que le había parecido escuchar una campanada de más a las doce de la noche anterior. Entonces pensé en repetirlo otra vez. Lo que aún no había pensado era el cómo, porque alguien podía estar vigilando para saber qué pasaba.

—Pero aquélla fue la noche en que Pedro y yo estábamos en la Casa del Sacristán.

—Cierto —confirmó el juez—. ¿Cómo te llamas tú?

—Delio.

—Pues así fue, Delio. Yo os vi llegar. Esto me obligó a permanecer quieto y sin hacer ningún rui-

110

do en el piso de la casa. Pensé que ibais a descubrirme, pero tuve suerte.

—Pero el piso de la Casa del Sacristán no aguanta el peso de una persona —dijo Pedro como disculpándose de no haberse dado cuenta de que alguien estuviese allí aquella noche.

—No aguanta —respondió el juez— si vas poniendo los pies en la tablas, pero si haces una marca por donde pasa cada viga y vas por esas marcas, le sobra para aguantar una persona y más. En aquella ocasión tiré por vez primera con tirachinas, pero vosotros no oísteis nada, aunque a mí me pareció que hice tanto ruido como si fuese un cañonazo.

—Pero yo estuve al día siguiente en el tejado de la iglesia y no había piedras —aclaró Cristina—. ¿No es así, Elisa?

Elisa asintió con la cabeza. Ambas aguardaban la respuesta que el anciano les ofrecía.

—El primer mensaje que os mandé decía que el camino llevaría al frío, pero no significaba que tuvierais que ir al río, por muy fría que esté el agua, sino que utilicé un cubito de hielo en vez de una piedra. De esa manera, al día siguiente no habría nada, porque el hielo se derretiría. Pensé en el hielo porque, cuando estaban instalando el reloj, al pasar por el atrio camino del río vi a un chico que estaba limpiando las canaletas del tejado de la iglesia para que el agua de la lluvia no arrastrase cosas extrañas que las pudiesen atrancar.

—Pero la noche en que estábamos en la Casa del Sacristán tampoco lo vimos salir —dijo Pedro.

—Porque estabais dentro de la iglesia, que yo os vi entrar por la ventana de la sacristía. Estuve en la casa hasta que os metisteis dentro. Y entonces salí.

—Hay algo relacionado con el primer mensaje que me gustaría que me explicase —pidió Cristina ya con más confianza.

—Preguntad cuanto queráis, que ahora no hay ningún misterio. Debo, y quiero, daros todas las explicaciones que sean precisas para que no os queden a vosotros dudas, ni a mí mala conciencia.

—¿Por qué puso usted el primer mensaje en el libro de Álvaro Cunqueiro? ¿Cómo supo que yo lo cogería? ¿O usted puso el mensaje sin dirigirlo a ninguna persona en concreto?

—Siempre supuse que ésa sería una de las mayores dificultades que ibais a tener para identificarme, porque os resultaría muy difícil adivinar que yo había puesto allí el papel, pero tiene una explicación muy sencilla. Veréis, ese libro lo tenía yo aquí en casa porque se lo había pedido a Odón, el profesor de literatura, para cotejarlo con una edición más antigua de mi propiedad. Odón viene mucho por aquí, es uno de mis mejores amigos en Eiranova. Hablamos siempre de literatura, porque a él le gusta mucho Cunqueiro, que fue amigo mío. También hablamos de otros, pero sobre todo de Cunqueiro. Aquel mismo día, antes de ir al colegio, vino a recoger el libro, porque se lo tenía que dar a un alumno que se lo había pedido para leer en vacaciones. Le pregunté, por la curiosidad de saber a quién le gusta Cunqueiro en Eiranova, y me dijo que eras tú. Así que cuando subí a mi cuarto a buscar el libro, aproveché para meter el papel dentro. Así de sencillo. Por supuesto, el mensaje iba dirigido a ti, a vosotros.

—¿Y Odón sabía algo del asunto? —preguntó Miguel.

—Pienso que no sospechaba nada —respondió el juez—. Está sabroso este queso, ¿no?

Los chicos asintieron. Ya se sentían a gusto con el juez y comían y bebían con más confianza.

—¿Entonces me conocía usted? —volvió a preguntar Cristina.

—Ya ves que sí. Aunque me parece que conozco a todos los chicos del pueblo, sé el nombre de pocos. A mí siempre me ha atraído más charlar con los niños que con los mayores. Creo que decís cosas más sensatas y tenéis temas más serios de conversación.

—También yo quería preguntarle algo, si me hace el favor...

—Pregunta, pregunta lo que quieras. ¿Cómo te llamas tú?

—Elisa. ¿Cómo apareció el laberinto encima del sillín de la bicicleta de Miguel, allí en el puente?

—Yo bajo todos los días, por lo menos dos veces, hasta el río, y voy más allá del puente dando un paseo. Ese día, cuando iba a salir de casa, os vi pasar con las bicicletas. Así que cogí el laberinto, lo metí en el bolsillo, por si se presentaba la oportunidad de hacéroslo llegar. En el puente vi vuestras bicicletas y allí lo dejé. ¿No era un bonito laberinto?

—Algo enrevesado de más —dijo Miguel con audacia—. ¿Nos va a explicar cómo hizo para que tocase la campana el día de la hoguera de las sardinas? Porque cuando tocó yo estaba viéndole a usted y estoy seguro de que no tiró nada a la campana.

El anciano quedó un instante callado mientras miraba en silencio a los niños, que tenían los ojos fijos en los de él, esperando la respuesta a la pregunta de Miguel.

—Pues, aunque os parezca que no, también tiré un cubito de hielo desde el piso de la Casa del Sacristán.

Los chicos ni se movieron al escuchar esta respuesta. Esperaban la explicación sin sorprenderse ya de nada que viniese del juez, en el que no habían nunca reparado y que se les estaba revelando como un hombre ingenioso.

—Aquella noche en seguida me ofrecí voluntario para vigilar la Casa del Sacristán, porque tenía que asegurarme de que nadie fuese a investigar allí, en el piso, donde yo había instalado dos horas antes un artilugio. Así, yo mismo vigilaría la casa y podía decir a los demás que no había nadie. En realidad lo que hice fue comprobar que todo estaba dispuesto para funcionar.

Unos días antes estuve comprobando cuándo se consumiría una vela nueva encendida desde las diez de la noche hasta las doce, que era el momento en que el reloj daba la última campanada. Encendía varias y marcaba el lugar donde la llama estaba en cada una dos horas después. Todo esto lo hacía por las mañanas, claro está. Cuando comprobé bien qué trozo de vela se consumía en esas dos horas, hice este aparato, cuyo dibujo tengo aquí, porque el aparato lo tengo guardado en el desván. Si queréis, otro día os lo enseño.

Se levantó el juez de su asiento, se fue hacia un cajón del mueble del comedor y sacó un papel que desdobló delante de los chicos. Era el diseño de una catapulta semejante a las medievales.

—Aquí podéis ver con qué disparé ese día contra la campana. Es una catapulta, pero de tamaño reducido. Puse en la cuchara un cubito grande de hielo, para que, aunque se derritiese un trozo, aguantase por lo menos dos horas y quedase suficiente para hacer sonar la campana. Pasé este hilo con una aguja por la cera de la vela en el punto marcado. Así, cuando diesen las doce, la vela quemaría el hilo y la catapulta actuaría. Todo dispuesto, la coloqué en posición dedisparo y esperé. Yo mismo me admiré de que me hubiese salido tan bien y con tanta puntería, aunque pienso que se disparó algo adelantada.

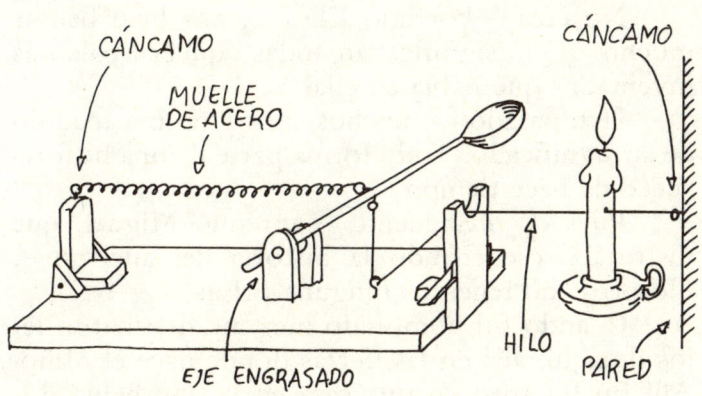

Los chicos estaban asombrados delante del dibujo de la catapulta, representación fiel del ingenio del juez. Ahora sí que estaban admirados. Pero el juez aparecía en aquel momento con el rostro serio y con aspecto preocupado.

—Aquel día —prosiguió— estuve a punto de dejarlo todo. Me sentí realmente mal y me arrepentí de haber comenzado esta broma. Estuvo a punto de morir un hombre por lo que yo había hecho, porque Leonardo resbaló en el hielo que la catapulta había lanzado contra la campana. Por muy poco no hubo una desgracia, y eso era algo tan terrible que pensé en abandonar. A partir de aquel momento actué ya siempre con miedo, y quise acabar lo antes posible.

—El mensaje que nos envió después —volvió Cristina al asunto— fue aquella poesía tan rara que estaba en la cuerda de la ropa.

—Allí la puse aquella misma noche. ¿Así que os pareció rara? Pues muy pronto encontrasteis la solución.

—No crea —corrigió Elisa—, nos hizo pensar mucho. ¿Qué significaban todas aquellas palabras inventadas que había en ella?

—Han pasado ya muchos años y no me acuerdo de su significado. Todo forma parte de una historia sucedida hace tiempo.

—Pues cuente, cuente —apremió Miguel, que disfrutaba escuchando la historia del anciano—. Nosotros no tenemos ninguna prisa.

—Cuando fui nombrado juez me destinaron lejos de aquí, allá en las tierras donde nace el Miño. Allí fui huésped en una casa en la que había dos niñas, Leonor y Dora, que tendrían entonces más o menos vuestra edad. En aquella casa fui tratado como un miembro de la familia al que se le quiere privilegiar. El padre de las niñas era un hombre muy interesante y curioso. Gran aficionado a la lectura, tenía miles de libros de gran valor por su anti-

116

güedad. Tenía también una vieja imprenta en la que, de vez en cuando, le gustaba hacer una docena de ejemplares de cualquier cosa que alguien hubiese escrito y que llegase a sus manos.

»Las niñas estaban mucho tiempo conmigo. Les contaba cuentos e inventaba historias para ellas. Yo hacía esto con muchísimo placer. Así, entre ellas y yo nació una relación que se mantenía a base de cuentos y versos que les escribía por las noches.

»Pero en la vida las cosas suceden a veces según unos planes muy distintos de los que nosotros hacemos y me vi en la obligación de irme de aquel lugar. Un traslado forzoso me enviaba a muchas leguas de aquella casa y del amor de las niñas. Dos días antes de partir se lo comuniqué, y en aquellos dos días todo fue un ir y venir de secretitos entre las niñas y su padre. Pensé que estarían tramando hacerme algún presente en mi despedida. Y así era, porque cuando fui a despedirme, el padre de la niñas, manchado aún de tinta de imprimir, apareció con unos libritos en las manos. Uno de ellos contenía los cuentos que había escrito para las niñas; otro, que se titulaba *El zorriscajo,* los versos que les había dedicado. Para las niñas había hecho también un ejemplar de cada uno.

»Nunca más supe de esta amable familia. La vida me llevó por otros caminos y de todo aquello sólo me quedan estos dos libros, que guardo con amor. Contienen mi obra completa. Algún día os los dejaré leer. *El Zorriscajo* contiene un poema largo, hecho con un vocabulario que sólo entendíamos las niñas y yo. Os he enviado una fotocopia en el tercer mensaje.

Los chicos se miraron unos a otros como buscando a quién le tocaba preguntar. Por fin, Pedro preguntó:

—Pero Dionisio también sabía que usted tocaba la campana.

—Dionisio sabe que quise gastar una broma con el anuncio que yo le pedí que pusiese, pero nada más. Y no quería ponérmelo, diciendo que ya era tarde y que no cabía en la página cuatro. Tuve que amenazarlo con no ir de testigo a su boda.

—¿Y cómo pudo llegar hasta el molino para dejar el papel en la viga? Porque hay muy mal camino —preguntó Delio.

—Hay muy mal camino por donde vais vosotros, pero yendo por Porcás, y bajando desde allí al río, se va muy bien. Ése fue el camino que yo hice. Cuando llegué allí, vi la escalera de mano tirada detrás del molino, y fue cuando se me ocurrió meter el papel en la hendidura de la viga. Con una navaja pequeña, lo empujé todo lo que pude.

Los chicos escuchaban con mucha atención. Poco a poco, cada cosa iba encontrando su explicación, lo que satisfacía su curiosidad y recomponía el rompecabezas. Aunque nadie en Eiranova sería capaz de entender que todo aquello no había sido más que un juego.

—Yo no tengo aún claro por qué nos escogió a nosotros para mandarnos los mensajes y darnos pistas hasta traernos aquí —habló Cristina como si fuese un pensamiento que se le escapara en voz alta.

El juez tenía la mirada fija en sus rodillas. Levantó la vista y la detuvo en Cristina.

—Para mí todo esto comenzó por la pequeña broma de demostrarme a mí mismo que el reloj se

118

ponía en contra de mi manera de marcar los ritmos del día. La broma tomó un cierto aire de juego, y para jugar, los adultos no valen, porque no les gusta a no ser que haya alguna ganancia. Así que no había otro remedio que involucraros a vosotros. Pensé en ti porque me imaginé que serías capaz de poner en marcha los mecanismos necesarios para desentrañar el misterio creado por mí.

»Por otra parte, como ya he dicho, siempre me he sentido mejor con los chicos que con los adultos. Y se supone que un juez es una persona adusta e inalcanzable, que no puede gustarle a los niños. Pero de todo esto que he organizado concluyo que ya alguien en Eiranova sabe cómo soy de verdad.

—¿Y cómo se siente un juez que está siempre decidiendo quién es culpable y quién no, a quién le da la razón y a quién se la quita, cuando es a él al que se busca y se persigue? —preguntó Pedro muy serio.

—Pues, aunque te parezca extraño, este juez que tienes delante tenía prisa por ser encontrado. Y ahora tiene prisa por conocer el veredicto.

Poco a poco, las posiciones en la mesa fueron variando y se colocaron todos frente al juez. Él les sonreía tal como había hecho toda la tarde, pero se notaba que estaba expectante.

—Lo pasé muy bien, aunque algunas veces los mensajes eran algo retorcidos y difíciles de descifrar —habló Miguel—. Pero siento que se acabe el juego.

—A mí me gustaría que no lo supiese nadie más, que quedase entre nosotros seis —dijo Elisa.

El juez no respondía a lo que decían los chicos. Sólo escuchaba.

—Yo quisiera seguir —dijo Delio algo emocionado—. Me gustaría que hiciésemos como que no lo sabemos, y siga mandándonos mensajes y pistas.

—Yo —comenzó Cristina a hablar— pienso que nadie entendería que usted hizo esto para jugar con nosotros. Será mejor que quede todo entre nosotros seis, los que estamos aquí, como dijo Elisa. Nadie tuvo excesivas preocupaciones por encontrar una solución al misterio de la campanada número trece. Tampoco se van a preocupar si no la escuchan más, pero serían muy capaces de darle una interpretación incorrecta al conocer la verdad. Es mejor dejar todo como está.

—¿Y tú, Pedro? —preguntó el anciano juez.

—También me siento algo triste porque se acaba. Sé que ahora no tendría gracia seguir si sabemos ya el resultado. Pero al mismo tiempo estoy contento por haberle conocido mejor, y porque me cae simpático.

Pedro bajó la cabeza algo avergonzado por aquella manifestación espontánea de sus sentimientos.

—Pues yo —habló el juez— no tengo nada más que deciros. También estoy contento por haberos escogido para este juego. Hacéis que me sienta bien, aun después de haber hecho una cosa como la que hice. Aunque no tenía nada de malo ni de dañoso para la gente, algunas veces dudaba de que estuviese bien lo que estaba haciendo.

»Este juego está totalmente acabado, ya no da para más. Pero ahora ya sabéis cuánto me gustan a mí estas cosas. Podéis venir por aquí cuando queráis. A lo mejor, cualquier día tramamos algo entre los seis, y si no, merendamos...

Se levantaron los chicos y se dirigieron a la puerta. Ya pronto anochecería, y cada uno tenía que ir a su casa a cenar, aunque ya no tuviese hambre. Pedro, Delio y Miguel le dieron la mano al juez. Elisa y Cristina, un beso.

El juez se puso en pie, se apoyó en su extraño bastón y los acompañó hasta la salida. Allí mismo se volvió Elisa y, mirando al anciano, le preguntó:

—Y esta noche a las doce, ¿cuántas campanadas dará el reloj?

—Doce. Seguro que doce —respondió el juez riendo.

ÍNDICE

Catamarán

Serie Naranja

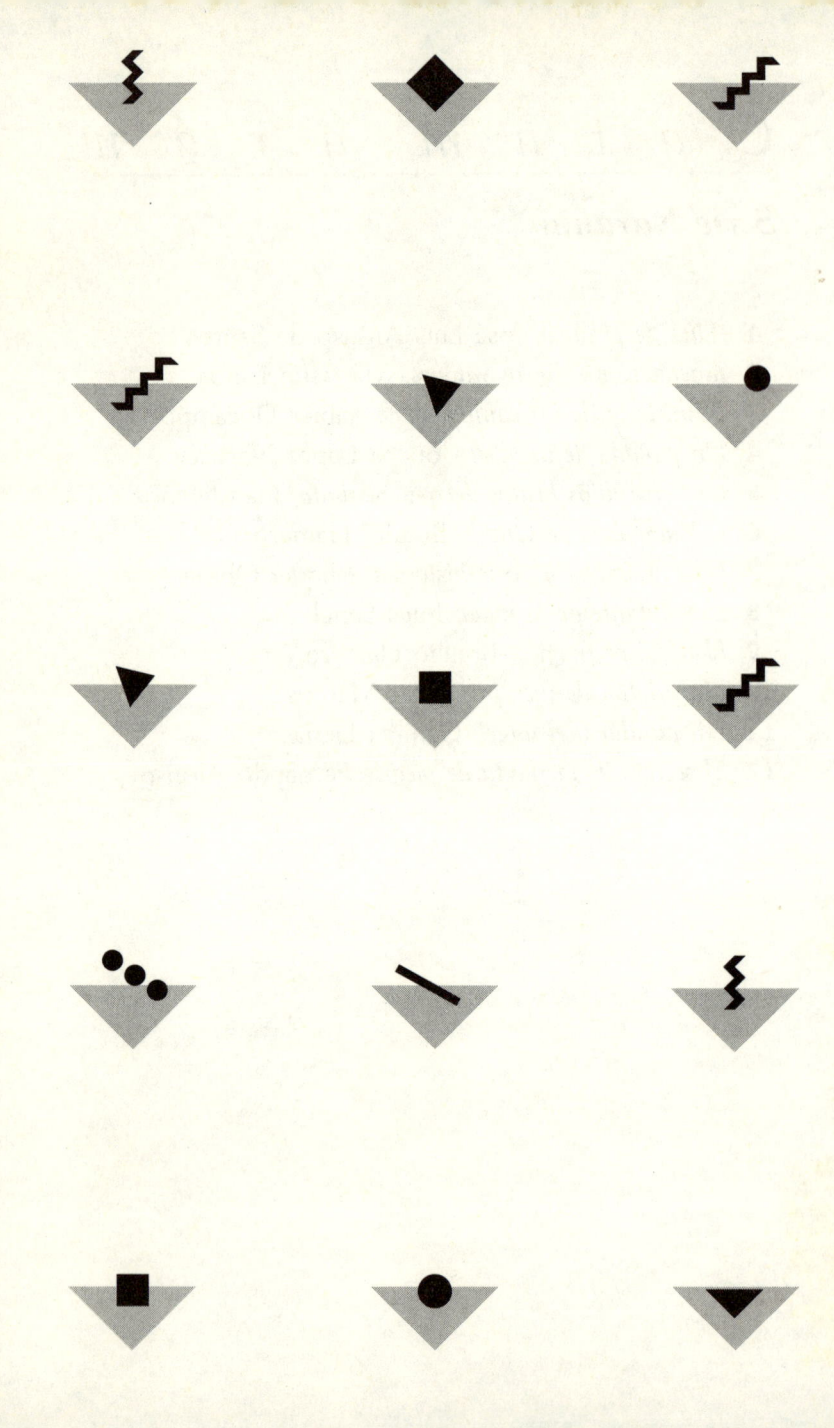